Albert Robida

Le Voyage de M. Dumollet

Texte et illustration de couverture : © domaine public
Edition : Culturea (Hérault, 34)
Contact : infos@culturea.fr
Retrouvez notre catalogue sur http://culturea.fr
Imprimé en Allemagne par Books on Demand
Design typographique : Derek Murphy
Layout : Reedsy (https://reedsy.com/)

Dépôt légal : janvier 2023

ISBN : 9791041912438

Table des matières

I

Doux projets d'hyménée.

Pour un charmant jeune homme, – certes, en cette belle année 18... monsieur Narcisse Dumollet était un charmant jeune homme ! Et cela, malgré ses trente-neuf printemps et ses quarante automnes.

Cette collection de printemps et d'automnes n'est pas portée si facilement par tout un chacun ; les uns blanchissent, les autres, dès leur majorité, arborent des crânes à faire rêver les professeurs de billard ; monsieur Narcisse Dumollet était resté tel qu'à l'âge tendre de 18 ans, un très charmant jeune homme.

On pouvait le trouver un peu gros, un peu joufflu, mais il tenait cela de naissance ; venu au monde bien portant, il avait tenu à rester bien portant ; il n'était ni gris, ni blanc, ni chauve, vu que, presque de naissance encore et par coquetterie, il portait perruque, une perruque artistique due au talent d'un illustre perruquier de l'ancien régime, qui vous perruquait les hommes non pas n'importe comment, au hasard de l'inspiration ou suivant les caprices de la mode, mais bien d'après les caractères et les âmes ; aussi l'illustre perruquier observateur, ayant deviné chez Dumollet une âme candide et guillerette avait orné le front de son client d'une perruque candide et guillerette.

Du reste, disons le tout de suite pour la postérité anxieuse de connaître les traits de Narcisse Dumollet, il doit exister quelque part dans les greniers du Louvre, un portrait de ce grand homme, dû au magistral pinceau de Jean-Baptiste Pinxit, élève de David, prix de Rome en 1811, l'année de la comète ; si le grand Pinxit consentit, en 1815, à interrompre une mort d'Épaminondas pour entreprendre, la rage au cœur, la reproduction des traits peu classiques de monsieur Dumollet, moyennant soixante francs plus douze francs de couleurs, ce fut parce que les guerriers grecs et romains commençaient à se sentir sérieusement atteints par le marasme et qu'ils communiquaient ce marasme aux finances de l'artiste.

Bien des fois pendant la confection du portrait de notre héros, le grand Pinxit eut la coupable tentation de saisir un des glaives romains accrochés aux murailles de son atelier pour en percer le sein de l'innocent Dumollet ; mais il résista, les soixante francs n'étant pas payés d'avance.

Au doux mois de mai 18... monsieur Dumollet, malgré ses trente-neuf printemps, malgré son poétique prénom de Narcisse, était encore célibataire, mais il ne l'était plus pour longtemps.

À plusieurs reprises déjà, sa main avait été sollicitée par des demoiselles ou dames de la bourgeoisie parisienne ou provinciale, sans que Dumollet eût réussi à se décider à temps ; toujours par la faute de son caractère légèrement timide et tout à fait irrésolu, il avait dit oui trop tard, parfois juste trois mois après que la demoiselle en avait épousé un autre. Mais cette fois ci, c'était sérieux, le mariage, décidé depuis deux ans, se ferait !

Il y avait eu échange de portraits.

M. Dumollet ne pouvant adresser à sa future le portrait de Pinxit, trop encombrant, avait envoyé son profil en silhouette, découpé à la lueur d'une lampe par un artiste amateur, et le père de la jeune fille avait répondu par l'envoi d'une délicate miniature. Les deux fiancés se convenaient. Il n'y avait plus qu'à partir pour Saint-Malo, car la fiancée de Dumollet, sa jeune cousine Estelle Valsuzon, habitait cette cité fameuse, mais éloignée.

Là était la difficulté. Dumollet ne se sentait pas né pour les grands voyages, il n'eût jamais songé à découvrir l'Amérique ou à chercher si oui ou non il y a un pôle Nord ; la lecture de l'histoire des naufrages dans les soirées d'hiver lui suffisait. Toutes les émotions, les impressions et sensations des grands navigateurs, celles des naufragés ballottés sur des radeaux, et celles des explorateurs mangés par les sauvages, il se les donnait ainsi, sans danger ni peine. Il était donc fort casanier, bien qu'absolument libre de sa personne, de par sa qualité de rentier jouissant d'un respectable revenu de dix-huit cents francs, qui lui permettait d'habiter un joli petit appartement de garçon, à deux pas du boulevard, et de cultiver en toute tranquillité un délicieux talent de flûtiste.

Oh ! sa flûte. Quels succès elle lui avait déjà valus dans le monde !

Dans ses plus lointaines excursions, Dumollet n'avait jamais été plus loin que le sauvage bois de Boulogne, ou que le village de Montmartre perché au nord de Paris sur une montagne couronnée de pittoresques moulins à vent. Au-delà, pour M. Dumollet, c'était l'inconnu, l'étranger, presque les pays sauvages. Certainement, chaque jour, des diligences, des coucous, des pataches, des berlines, des malles-poste emportaient vers ces contrées inconnues de hardis voyageurs et même des voyageuses, mais Dumollet frémissait à la seule pensée de s'embarquer dans ces véhicules pour voguer du côté des rivages bretons.

Et cependant là-bas, là-bas, Estelle depuis deux ans, s'ennuyait peut-être.

Enfin depuis quelques mois, Dumollet faisant appel à tout son courage, avait pris une résolution. C'était décidé. Il partirait. Pendant tout l'hiver il avait tenu conseil avec ses amis, instrumentistes amateurs qui se réunissaient chez lui tous les soirs pour charmer les voisins par une grande consommation de musique de chambre.

Que faire ? quel moyen de locomotion employer pour gagner Saint-Malo ? fallait-il se risquer, prendre l'horrible diligence où l'on est si mal, où l'on est secoué, moulu, brisé, étouffé, abimé, où l'on dort si peu, ce qui n'est pas amusant, où l'on mange si mal, ce qui est épouvantable et qui vous débarque à destination à l'état de colis avarié, lorsqu'elle ne vous a pas brusquement réduit en miettes ou aplati comme une galette, en vous versant dans les précipices des montagnes ou sur le dur pavé des routes !

Justement, l'un des amis de Dumollet avait tout dernièrement versé deux fois, dans un seul et unique voyage à Meaux en Brie. Il était sorti à peu près intact de ces deux accidents, mais Dumollet s'était livré à un calcul : à deux dégringolades pour dix lieues, cela faisait jusqu'à Saint-Malo seize dégringolades et autant pour revenir ! Pouvait-il espérer sortir sain et sauf des trente-deux dégringolades ? Cela était fortement douteux. Aussi après mûres réflexions, après avoir interrogé bien des postillons dans la cour des Messageries, Dumollet avait renoncé aux diligences et s'était décidé à partir pour Saint-Malo tout simplement sur un âne, façon de voyager plus lente peut-être mais beaucoup plus sûre.

Restait à trouver l'âne. C'était le moins difficile, Dumollet en avait un parmi ses connaissances, nous pouvons même dire ses amis. Qui n'a pas dans ce monde, au moins un âne parmi ses amis ? Cet âne ou plutôt cet ami s'appelait Coqueluchon et habitait Montmartre, le charmant village montagnard voisin de Paris, avec monsieur Florival son maître, autre ami de M. Dumollet. Tous deux étaient musiciens et rentiers. M. Florival était très savant sur le flageolet et Coqueluchon, mélodiste forcené qui aimait à s'entendre braire musicalement, réjouissait du matin au soir tout Montmartre de ses morceaux joyeux.

Dumollet s'en fut trouver ses deux amis, là-haut dans la montagne, au-dessous des moulins qui battaient gaiement de l'aile au grand soleil, sous la douce brise de mai. Florival soupira à la pensée de se séparer momentanément de Coqueluchon, son accompagnateur ordinaire, mais pouvait-il refuser de sauver la vie à Dumollet en lui évitant trente-deux dégringolades de diligence entre Paris et Saint-Malo ? Non, il ne le pouvait pas.

Coqueluchon, d'ailleurs, semblait avoir compris et se tenait les oreilles dressées devant Dumollet. Ce brave baudet, encore dans la fleur de la jeunesse, désirait évidemment courir le monde, connaître la vie, étudier les mœurs des ânes, plus ou moins civilisés, peuplant le vaste univers que du haut du pic Montmartre l'œil voyait se dérouler verdoyant et majestueux.

Coqueluchon, âne romanesque, avait soif d'aventures.

II

Le baudet Coqueluchon et sa coupable conduite au déjeuner de la noce Cloquebert

Et c'est ainsi que par un beau matin de la mi-mai, Dumollet et Coqueluchon se mirent en route pour Saint-Malo. Coqueluchon, amené la veille de Montmartre, avait couché en ville, non pas chez Dumollet, mais sous l'escalier de Dumollet, le concierge de la maison ayant refusé, l'autocrate, de permettre au brave Coqueluchon de monter les trois étages de Dumollet ; comme si un âne montagnard de Montmartre n'était pas habitué à de plus rudes ascensions !

– Portier ! avait gémi Dumollet, vous ne pouvez pas m'empêcher de recevoir mes amis, Coqueluchon n'est pas un âne, c'est un véritable ami.

– Quand même ce serait votre frère, dit le portier, il ne passera pas.

Et Coqueluchon n'avait pas passé.

Il était onze heures du matin, Dumollet suivait les boulevards monté sur Coqueluchon, la poitrine dilatée, aspirant de bonnes bouffées de grand air. Vêtu d'un habit de gourgouran, d'un gilet de poil de chèvre et d'une culotte de casimir, coiffé d'un chapeau Bolipaille, Dumollet se sentait à l'aise ; il emportait peu de bagages, simplement. Le strict nécessaire, sa flûte, quelque linge, la miniature d'Estelle, un parapluie et un pistolet. Bien entendu, par crainte des accidents, pas de poudre ni de balles.

Ses amis, très émus, lui firent un bout de conduite jusqu'à Passy et naturellement déjeunèrent longuement et confortablement avec lui avant de franchir la barrière.

Le moment de la séparation approchait, déjà les arbres de la vraie campagne verdoyaient par delà les dernières maisons, Dumollet et Coqueluchon sentaient l'émotion se glisser dans leurs cœurs. Coqueluchon aspirait joyeusement l'air, Dumollet pour se donner du courage regardait la miniature d'Estelle.

Son vaillant ami Ducroquet, commis en nouveautés plein d'avenir, faisait siffler sa badine et sonner fièrement ses éperons, pour insuffler à l'âme de Dumollet un peu de cette fermeté qui lui manquait.

– Allons, bon courage et bonne chance, clamait-il en abattant avec sa canne une botte de coquelicots, et revenez-nous bientôt avec la charmante madame Dumollet !

– Et avec Coqueluchon ! dit monsieur Florival.

La barrière était franchie. Dumollet arrêta Coqueluchon pour distribuer des poignées de main à ses amis.

– Allons, Messieurs, dit Ducroquet, poète à ses heures, le couplet d'adieu improvisé en l'honneur de notre ami... en chœur, Messieurs !

Bon voyage, cher Dumollet,
À Saint-Malo débarquez sans naufrage,
Bon voyage, cher Dumollet,
Graissez vos bottes et montez à baudet !

Juste à ce moment, l'énorme diligence dédaignée par Dumollet, un vrai mastodonte de voiture, lourde, épaisse, ventrue, peinte en jaune, avec une haute bâche de cuir gonflée de malles en haut, des voyageurs à toutes les fenêtres, des voyageurs partout, sur l'impériale et jusque sous la bâche, avec son conducteur armé d'un grand fouet, avec son postillon à petite veste, les jambes perdues dans d'énormes bottes, fit trembler le pavé du roi, en route pour Saint-Malo avec ses seize dégringolades en perspective. C'était l'ennemi, Dumollet rangea vivement son âne.

Le postillon fit claquer son fouet, le conducteur emboucha sa trompette et les voyageurs ricanant entonnèrent avec une ironie évidemment malveillante la chanson des amis de Dumollet.

Bon voyage, Monsieur Dumollet...

Le brave Dumollet se contenta de les regarder tous avec commisération ; il serra une dernière fois les mains de ses trois amis et donnant avec son parapluie une tape légère à Coqueluchon, il piqua courageusement des deux sur les traces de la diligence, pendant que ses amis agitaient leurs mouchoirs et reprenaient, accompagnés en chœur par les commis de l'octroi et quelques maraîchers, leur refrain amical :

Bon voyage, monsieur Dumollet !

Dumollet était parti. Lui-même, mis en gaieté, sifflotait aux oreilles de Coqueluchon l'air composé en son honneur et faisait tournoyer son parapluie, avec une crânerie inspirée par l'air pur et le grand soleil.

Coqueluchon trottait. Bientôt il eut dépassé les dernières maisons de Passy, et les futaies du bois de Boulogne s'alignèrent des deux côtés de la route.

C'était bien la grande nature, le commencement de ces vastes horizons entrevus. Coqueluchon poussa des hi-hans de joie et commença à tourner l'œil alternativement vers la gauche et la droite de la route où des chardons savoureux dressaient sur les talus leurs têtes chevelues.

Dumollet sifflait toujours.

Commencement de voyage délicieux. Peut-être, à cette heure, la diligence de Saint-Malo avait-elle confectionné une de ses premières omelettes de voyageurs ; Dumollet heureux de se sentir à l'abri de ces capilotades, prit un petit sentier qui longeait sous bois la route et permit à Coqueluchon de savourer à l'aise les touffes de chardons et les menues verdures.

On approchait du pont de Sèvres. Avant de sortir du bois, Dumollet résolut de faire une petite halte à l'ombre ; il se laissa glisser en bas de sa monture et s'allongea dans l'herbe en invitant Coqueluchon à en faire autant.

L'herbe était molle et elle sentait bon ; un parfum délicieux, mais compliqué, où il y avait du thym, de la fraise, de la violette et quelques vagues effluves de pâté de foie truffé... Oui vraiment, ça sentait le pâté de foie truffé. Dumollet chercha vainement de l'œil et du nez la fleur étrange qui dégageait ce parfum, pour le moins aussi agréable que la simple violette.

Puis, comme il était poète, les fleurs lui firent penser à sa fiancée et il se mit immédiatement à composer un acrostiche sur le joli nom d'Estelle. L'inspiration ne se montra pas rebelle, les plus jolies rimes vinrent toutes seules avec une telle facilité que Dumollet s'endormit.

Combien de temps dormit-il de ce poétique sommeil ? À peine un petit quart d'heure s'était écoulé, lorsque brutalement des hihans désespérés le réveillèrent. C'était Coqueluchon qui appelait à l'aide. Dumollet bondit et chercha autour de lui son compagnon de voyage. Il avait disparu. Cependant de nouveaux hihans sortant d'un fourré à quelque distance, éclatèrent comme des appels de trompette enrouée. Coqueluchon était en détresse, c'était certain, aussi Dumollet oubliant ses rimes, n'écoutant que sa valeur, se précipita dans les broussailles.

Un étrange spectacle l'attendait. Au centre d'une clairière, s'agitait une nombreuse compagnie de messieurs en habits bleus, marrons ou jonquille, et en jabots de cérémonie, de dames et de demoiselles en robes blanches, roses, bleues, réséda ou bouton d'or, d'enfants en grande toilette, parmi lesquels plusieurs habillés en artilleurs ou en lanciers polonais, et au beau milieu de tout ce monde, l'infortuné Coqueluchon se débattait dans la plus triste des situations ; la tête enfoncée dans un grand panier d'osier, le couvercle du panier rabattu sur sa tête et solidement maintenu par le genou d'un robuste gaillard, il avait piteuse mine, le pauvre bourriquet, et clamait de tristes lamentations sous les coups de canne, d'ombrelles et de parapluies que toute la compagnie, même les petits artilleurs, lui offrait généreusement.

L'apparition de Dumollet suspendit un peu la distribution.

– Qu'est-ce qu'il y a ? s'écria Dumollet, debout, les bras croisés au milieu des bourreaux de son compagnon, de quel droit attaquez-vous l'inoffensif Coqueluchon ?

– Comment, de quel droit ? fit un monsieur en habit bleu à boutons d'argent, mais de quel droit votre féroce et impudent baudet attaque-t-il nos pâtés et victuailles ?

– Vos pâtés ? balbutia Dumollet dont le nez huma, très nettement cette fois ces effluves de violette au foie gras qui tout à l'heure avaient mis en défaut sa science botanique.

– Parbleu oui, nos pâtés ! dit le monsieur. Comment, moi Népomucène Cloquebert, notable commerçant, je me marie ce matin avec mademoiselle de Sainte-Guillemette, j'amène ma noce au bois de Boulogne avec tout ce qu'il faut pour déjeuner sur l'herbe, du jambonneau et du pâté, du bordeaux, du bon bourgogne de la comète et tout cela pour que, pendant que nous cherchons une belle place pour la nappe, votre intrigant de baudet se permette de nous massacrer nos provisions, d'éventrer notre pâté et d'avaler un magnifique fromage à la crème...Est-ce qu'il était invité, votre baudet ?

– Monsieur, fit Dumollet, je suis confus, croyez bien...c'est la première fois que Coqueluchon... se conduit pareillement !... jamais, je vous jure, Coqueluchon n'a rien fait de semblable... Jusqu'à ce jour, il s'est conduit avec la plus grande discrétion...

– Monsieur, votre âne s'est conduit comme une bête féroce vis-à-vis de notre pâté !

– Je vous présente ses excuses et les miennes...

– En attendant, notre déjeuner est perdu ! La cérémonie nous a creusés tous outre mesure et il va falloir que nous attendions le dîner à jeun !

À ces mots un ouragan de cris s'éleva parmi les gens de la noce ; les messieurs, les dames, et les demoiselles brandirent cannes, parapluies et ombrelles avec des gestes furibonds, et Coqueluchon se reprit à gémir.

Bousculé par deux garçons d'honneur, Coqueluchon, tout à coup, s'assit ou plutôt s'écroula dans le panier aux victuailles et l'on entendit un épouvantable bruit de bouteilles cassées. Cette fois c'était le comble, l'abomination de la désolation, les dames poussèrent des cris aigus et se sauvèrent, la mariée s'évanouit.

– Ma pauvre fille, gémit une grosse dame en robe jonquille, ah ! tu peux le dire, je t'avais prévenue... voilà les désagréments du mariage qui commencent...

– Mais, belle maman...essaya de dire le marié.

– Taisez-vous, monsieur, c'est vous qui nous avez amenés dans un endroit si mal fréquenté pour faire assassiner notre déjeuner...je défaille d'inanition, ça vous plait que je défaille... je reconnais bien là les procédés d'un gendre !

Les garçons d'honneur de plus en plus furieux tenaient vigoureusement Coqueluchon et s'apprêtaient à reprendre la contredanse à coups de canne.

– Attendez ! dit un gros invité à moustaches d'ancien militaire, il a touché aux liquides, il sera puni par les liquides... Tiens ! brigand, avale-moi ça pour faire passer le pâté !... et encore ça !

Et le gros invité vida prestement dans le gosier de Coqueluchon deux bouteilles de vin blanc dont les goulots étaient cassés.

– Grâce ! s'écria Dumollet en se pendant au cou de Coqueluchon, laissez-le, je paierai le dommage !

Une grêle de coups de canne tomba pour toute réponse sur l'échine de Coqueluchon, qui, l'œil hagard, les oreilles droites, les crins hérissés, renversa l'un des garçons d'honneur, et piqua une tête dans le fourré en emportant Dumollet cramponné à son cou.

– J'ai médit des diligences, pensa très amèrement Dumollet suffoqué par la course et par sa position bizarre sous l'encolure de Coqueluchon, et me voici presque dans la position de Mazeppa l... Ah, ciel ! qu'avais-je besoin de songer à me marier ? Comme j'ai été imprudent... Voyons, Coqueluchon, mon petit Luchon, arrête-toi.., je ne te ferai pas de reproches pour le pâté !

Coqueluchon n'entendait rien et galopait toujours.

– Grand Dieu, se reprit à gémir Dumollet, il ne m'entend pas ! il est gris, le malheureux, complètement gris... lui si doux et si obéissant d'ordinaire, la crème des ânes... horrible situation, emporté par un âne en ribote ! Mon sort est pire que celui de Mazeppa, le coursier de Mazeppa n'était que sauvage, le mien est en ribote !

Cependant les fourrés du bois commençaient à s'éclaircir, on devait approcher de la grande route et Coqueluchon ne s'arrêtait pas. De temps en temps pensant aux coups de bâtons ou travaillé par le vin blanc, il poussait un hi-han formidable et ruait contre des ennemis imaginaires. Et l'infortuné Dumollet était obligé de se cramponner plus fortement à ses crins rouges ; à bout de forces, il faillit pourtant se laisser choir lorsque Coqueluchon sauta dans le fossé de la grande route, mais la pensée que peut-être la noce s'était mise à sa poursuite, lui donnant un surcroît d'énergie, il réussit à se mettre tant bien que mal en selle. Juste à ce moment le coucou de Saint-Cloud croisa le malheureux cavalier. Amère dérision ! le ridicule et poussiéreux véhicule était chargé de jeunes godelureaux qui chantaient en chœur le refrain composé le matin même pour le maître de Coqueluchon et déjà popularisé par les voyageurs de la diligence de Saint-Malo :

Bon voyage, Monsieur Dumollet !

III

M. le sous-préfet Corniflet de Sainte-Amaranthe

Les heures suivaient les heures, les kilomètres succédaient aux kilomètres, et Coqueluchon galopait toujours ! Quelle vigueur dans le jarret de ce montagnard de Montmartre, de ce vétéran des promenades de Montmorency ! Vingt fois, cent fois déjà, Dumollet avait supplié Coqueluchon de daigner s'arrêter ; la noce Cloquebert n'était plus à craindre, elle devait être à table depuis longtemps pour le dîner, mais Coqueluchon ne voulait rien entendre. Jusqu'à ce jour, à part quelques petites débauches de foin et de chardons, il avait été la sobriété même ; ses deux bouteilles de vin blanc, les premières de sa vie, lui dérangeaient tout à fait le système nerveux.

Dans les villages, l'apparition de ce voyageur fantastique jetait l'émoi parmi les populations ; déjà plusieurs gardes champêtres soupçonneux avaient eu l'intention de lui demander ses papiers, mais Coqueluchon par un bond de côté s'était dérobé aux questions de l'autorité.

Le crépuscule était venu, puis le soir, puis la nuit ; le paysage bleu d'abord, puis jaune, puis rouge, passait au noir pur, au noir intense ; le soleil s'était couché, la lune s'était levée, les étoiles aussi, sans arrêter Coqueluchon dans sa course. Dumollet effrayé d'abord, puis épouvanté, se demandait maintenant s'il s'arrêterait jamais. Coqueluchon sans doute ne sentait pas la faim, le déjeuner de la noce Cloquebert lui suffisait, le vin le soutenait, mais hélas ! l'appétit de Dumollet surexcité par la course, réclamait impérieusement de prompts secours. L'heure solennelle du dîner étant depuis longtemps passée, une profonde mélancolie envahissait l'âme du pauvre cavalier.

Au bout de la route noire, des lumières scintillèrent en notable quantité. Une ville ! C'était une ville ! Coqueluchon s'arrêterait peut-être.

Dumollet, pâlissant, essaya de tirer sur la bride aux premières maisons, mais Coqueluchon sans broncher, enfila une interminable rue de faubourg.

En relevant la tête, Dumollet put apercevoir d'alléchantes enseignes d'auberges, et par les fenêtres illuminées des tables d'hôte nombreuses et bien garnies. Le *Soleil-d'or*, le *Lion-d'argent*, le *Cœur-Volant*, le *Cheval-Blanc*, etc. etc. Sort cruel ! supplice de Tantale !

L'enragé Coqueluchon refusait de s'arrêter malgré les objurgations, les supplications, les menaces mêmes de son ami affamé ; il prit la grande rue, passa devant de vagues monuments, s'enfonça dans des rues sombres, se perdit dans des ruelles, parcourut une longue ligne de boulevards plantés d'ormes vénérables, trotta le long d'un quai, mais ne s'arrêta nulle part. À la mairie un poste de garde nationale veillait sur la sécurité des habitants. Le factionnaire croisa en vain la baïonnette aux cris de Dumollet, Coqueluchon ne se rendit pas et continua sa route.

Tout à coup, au bout d'une rue noire, une grande bâtisse parut, très éclairée et répandant par toutes ses croisées ouvertes de véritables flots d'harmonie. La musique parut impressionner Coqueluchon. Nous croyons l'avoir dit, cet âne était un véritable artiste. Il dressa les oreilles et se dirigea droit sur la maison illuminée.

Le cœur de Dumollet battit. Coqueluchon allait-il s'arrêter enfin ?

Devant la grille, grande ouverte, Dumollet se raidit désespérément sur la bride pour essayer d'arrêter Coqueluchon, mais celui-ci, sans s'inquiéter de la discrétion, traversa une grande cour, franchit les trois marches d'un perron et se trouva soudain dans un vestibule somptueux, devant trois grands laquais en livrée jaune, stupéfaits de son audace.

Des mélodies à torrent s'échappaient des portes entrouvertes, Coqueluchon l'air très satisfait, passa devant les laquais, en bouscula un qui croyait l'arrêter en lui présentant un plateau chargé de liqueurs fines et poussant une porte du bout du nez, pénétra au petit trot dans un immense salon illuminé, où tout ce que la société élégante, officielle et administrative de la ville présentait de plus étincelant en messieurs de dix-huit à soixante-quinze ans, en dames et en demoiselles de seize ans à un âge indéterminé, se délectait jusqu'au fond de l'âme à l'audition d'une ravissante romance due à la lyre d'un jeune procureur du roi.

À l'apparition des oreilles de Coqueluchon par-dessus les têtes attentives de ses auditeurs, le poète effaré s'arrêta brusquement. Coqueluchon en fit autant ; planté au milieu du salon, regardant avec effronterie les beaux messieurs et les belles dames, il ouvrit une énorme bouche et se mit longuement et joyeusement à braire.

La foudre elle-même ou l'arrivée d'un boulet de canon eût peut-être produit moins d'effet que ce premier et formidable hi-han ! les dames et les demoiselles s'évanouirent pour la plupart ; au centre du salon, devant le poète, trois ou quatre jeunes personnes des plus considérables familles de la ville tombèrent presque en tas les unes sur les autres ; sur tous les fauteuils, sur tous les canapés, il y en eut d'autres à qui des maris ou des pères firent respirer des sels ou des vinaigres. L'effroi causa même l'évanouissement d'une femme de chambre et d'un sommelier sentimental qui écoutaient la romance dans un couloir. Heureusement tous les médecins de la ville étaient là, empressés à prodiguer leurs soins...

Cependant Coqueluchon ne se taisait pas et Dumollet, épouvanté de l'esclandre, restait cloué sur sa selle. Un monsieur en culotte courte de bazin blanc se planta devant lui et saisit la bride de Coqueluchon.

– Pouvez-vous me dire ce que signifie ceci, Monsieur ? proféra-t-il rouge de colère, et qui vous a donné, à vous et à votre âne, l'incroyable audace de pénétrer avec violence et presque avec effraction dans les salons de la sous-préfecture ? Pouvez-vous le dire, Monsieur ?

– Monsieur...balbutia Dumollet.

– Dites Monsieur le sous-préfet !

– Monsieur le sous-préfet. C'est purement accidentel... deux bouteilles de vin blanc avalées par accident...

– Taisez-vous, c'est ignoble, je vais vous faire mettre au violon pour vous apprendre à venir troubler la soirée de la sous-préfecture !

– Le vin blanc et la musique, c'est à cause de la musique, monsieur le sous-préfet, que Coqueluchon...

– La musique ? Vous êtes le musicien que j'ai fait venir de Paris, et dont l'absence nous empêchait de commencer le bal... Votre contre-basse est là...

– Ma contre-basse ? Quelle contre-basse ? fit Dumollet très ahuri.

– La vôtre, parbleu ! on l'a tout à l'heure apportée du *Soleil d'or*...je vous ai envoyé chercher et l'on m'a dit que vous étiez encore à table à boire avec des commis voyageurs !

– Moi ! fit Dumollet.

– Sans doute, vous ! ah çà ! êtes-vous, oui ou non, le contrebassiste parisien que mon orchestre attend pour commencer ?... si vous ne l'êtes pas, je fais venir la gendarmerie...

– Non ! non ! s'écria Dumollet, je suis le contrebassiste !

– Vous avez un peu bu au *Soleil-d'or*, c'est honteux pour un artiste, mais je consens à vous pardonner si vous êtes en état de jouer ! êtes-vous en état de tenir votre archet ?

– Oui ! oui !

– Eh bien, alors, donnez votre ridicule monture au domestique... je suis trop bon, on va vous l'attacher dans la cour...et prenez votre instrument.

– Tout de suite, monsieur le sous-préfet.

Et Dumollet profitant de la tranquillité de Coqueluchon qui regardait les dames sans aucune timidité, tout à fait comme une personne du vrai monde, se mit en devoir de quitter la salle. Hélas, les jambes du pauvre cavalier harassé par tant d'heures de course folle flageolèrent sous lui, et il faillit s'évanouir à son tour comme les dames. Le sous-préfet rageur ne le lui permit pas.

– Prenez garde à vous, si vous êtes trop gris, monsieur de la contre-basse, je vous envoie au violon !

– Je suis solide monsieur le sous-préfet, gémit Dumollet.

– Allons ! à votre pupitre...et les morceaux de musique que l'on vous avait prié d'apporter, les valses nouvelles, les scottishs du jour ?...

– Je ne...Je les ai oubliés, monsieur le sous-préfet...

Le sous-préfet haussa les épaules.

– J’ai entendu ce matin, dit-il, les voyageurs de la diligence chanter un air qui, paraît-il, fait fureur à Paris, un air très gai…

Bon voyage, monsieur Dumollet…

– Je ne le connais pas, monsieur le sous-préfet.

– Allons, à votre pupitre, nous nous contenterons de ce que nous avons !

IV

Élégances et suavités du bal de la sous-préfecture

Madame Céliane Corniflet de Sainte-Amaranthe, l'élégante sous-préfète, suave comme un lys et rêveuse comme une pervenche, faisait les honneurs de ses salons avec une grâce tout à fait enchanteresse. Un peu avant l'arrivée de Coqueluchon, elle avait ravi l'assemblée par son talent véritablement céleste sur la harpe et transporté les âmes de ses auditeurs dans les régions les plus éthérées. Maintenant elle ouvrait le bal avec monsieur le chevalier de la Pinchardière, l'homme le plus considérable de la ville, un peu desséché peut-être, mais en possession des vieilles traditions de l'ancien régime et par cela même susceptible d'obtenir encore des succès de salon. Coup d'œil ravissant ! Les dames de la ville, habillées à la dernière mode par les célèbres couturières et modistes de Paris, semblaient une collection des plus récentes gravures du journal *le Bon Ton*.

Dumollet ne prenait guère la peine de les regarder. Le malheureux, toujours de plus en plus affamé, s'escrimait le plus adroitement possible sur sa contre-basse pour ne pas réveiller les soupçons de M. le sous-préfet – et bien qu'il n'eût jamais de sa vie essayé de cet instrument.

Tout entier à ses malheurs, il n'avait pas un regard pour le bal. Et pourtant les invités et les invitées de M. le sous-préfet, la fleur de la fashion, valaient la peine d'être admirés. Les dames resplendissaient ! Ce n'étaient que robes de tulle, de gaze, de gros de Naples des plus exquises couleurs – jupes ornées diversement de volants, de bouillonnés, de pointes, de bouquets, de rubans, – corsages décolletés en rond, en carré, en pointe, en cœur, en biais, – garnis de blonde, de tulle, de fleurs, de collerettes, de chaînes, – avec des rouleaux de satin plus ou moins volumineux aux épaules, le commencement des manches à gigot.

À côté des dames d'un âge sérieux ou mi-sérieux, couronnées de majestueux turbans ou de grandes toques empanachées de marabout, les jeunes personnes semblaient, à juste titre, un vrai parterre ; roses, jasmins, tulipes, lys, se balançaient sur leurs *coëffures*, comme agitées par une brise follette, à un demi-pied au-dessus des coques, des frisures, des nattes et des tirebouchons relevés en gracieux et fantastiques édifices.

Un vrai jardin ! monsieur le Receveur des contributions l'avait dit, et embaumé comme une serre !

Les hommes, moins éblouissants peut-être, n'étaient pas moins distingués avec leurs fracs à boutons d'or, leurs culottes courtes ou leurs pantalons de casimir collants, serrés sur des bas de soie à fleurs et dessinant le mollet, ce mollet masculin qui a si complètement disparu de nos jours.

Pauvre Dumollet ! en proie à la famine, toutes ces grâces et toutes ces élégances étaient perdues pour lui. Il cherchait à se tirer tant bien que mal des gavottes, des valses, des redowas et des cracoviennes jouées par ses compagnons de l'orchestre et dansées par la brillante société. Malgré sa bonne volonté il se montrait sur la contre-basse d'une faiblesse insigne et faisait à tous moments froncer les augustes sourcils de M. le sous-préfet. Sans madame Céliane, il eût peut-être bien tout de même goûté du violon, mais madame la sous-préfète, aussi bonne que belle, intercéda pour lui chaque fois qu'un couac trop prononcé vint effleurer les oreilles musicales de son mari.

Pauvre Dumollet, tantôt allongé sur son instrument il semblait s'endormir et tantôt, se réveillant en sursaut, il faisait grincer les cordes avec fureur en suivant d'un œil égaré les notes de sa partie de contre-basse.

À plusieurs reprises, les musiciens furent largement rafraîchis, mais le sous-préfet avait donné l'ordre de ne pas lui laisser avaler une goutte de vin. Tout ce qu'il put obtenir dans toute sa nuit ce fut, dans un moment de repos, quelques sorbets qui ne calmèrent nullement son appétit.

– Ça le rafraîchira ! avait dit le sous-préfet.

Triste nourriture pour un homme qui n'avait rien pris depuis le repas de midi à la barrière de Passy.

Enfin le supplice de Dumollet prit fin à trois heures du matin. Les danses s'arrêtèrent et l'une après l'autre, les belles danseuses s'éclipsèrent.

La noble compagnie regagnait ses foyers, en voiture ou à pied, ou même en vinaigrette, espèce de chaise à porteurs montée sur roues, traînée par un homme et poussée par un autre, un véhicule délicieux, inconnu aux générations actuelles que la vapeur ne satisfait même plus, et qui cherchent le moyen d'atteler l'électricité, la foudre et les éclairs !

Les musiciens s'en allaient aussi. Dumollet s'apprêtait à disparaître sans bruit pour ne pas attirer l'attention de M. le sous-préfet, lorsque le vigilant fonctionnaire vint droit à lui.

– Tenez ! dit-il en lui mettant un écu de six livres dans la main, voici vos six francs ! Vous ne les avez pas gagnés, vous avez joué comme une simple mazette et vous pouvez être tranquille, à ma prochaine soirée, je me passerai de vous. Allez, maroufle ! débarrassez les salons officiels de votre présence...

Dumollet baissa la tête et se dirigea vers la porte.

– Et votre instrument ? cria le sous-préfet.

– Quel instrument ? dit humblement Dumollet.

– Votre contre-basse ! Comment, vous n'êtes pas dégrisé encore, c'est honteux ! si je m'écoutais, je...

– Mon ami ! fit madame Céliane Corniflet de Sainte Amaranthe.

– Soit ! je serai clément... emportez votre contre-basse et vivement !

Dumollet n'osa pas résister et poussant force soupirs, mit l'énorme instrument sur son dos.

– Toutes les calamités ! se disait-il, tous les malheurs ! ce matin avec la noce Cloquebert, j'ai été indélicat, maintenant je suis un voleur ! je vole une contre-basse !...

Tout entier à son chagrin, il oubliait presque Coqueluchon. Dans la cour de la sous-préfecture, un hi-han morne et triste lui rappela son compagnon de voyage qu'un laquais sans âme mettait à la porte à coup de balai. Les deux amis se retrouvèrent dans la rue, sous le réverbère pendu devant la sous-préfecture. S'ils ne tombèrent pas dans les bras l'un de l'autre, ce fut seulement parce que Coqueluchon n'en avait pas, et parce que ceux de Dumollet étaient occupés à charrier une contre-basse. Ils se contentèrent de se regarder avec des yeux lamentables en soupirant tous deux.

– Allons ! partons ! fuyons ! dit enfin Dumollet, il est trois heures du matin, cherchons une auberge tranquille pour nous reposer de nos fatigues !

Il essaya de monter sur Coqueluchon, mais la contre-basse le gênait considérablement. Cette contre-basse et lui ne pouvaient tenir sur l'échine du pauvre baudet. Embarras lamentable ! s'il la laissait à terre au milieu de la rue, des malintentionnés pouvaient s'en emparer ou la détériorer.

Son intention était pourtant de l'emporter avec lui à l'auberge pour la renvoyer le lendemain à M. le sous-préfet, mais comment la traîner jusque-là ?

Pour comble de malheur, l'objet paraissait offusquer Coqueluchon. Il baissait les oreilles et regardait la contre-basse d'un air défiant en se demandant sans doute si cette boîte étrange ne recélait pas dans ses flancs de nouveaux malheurs.

Dumollet leva les yeux au ciel comme pour le prendre à témoin de son infortune. Le réverbère qu'il aperçut lui suggéra une de ces idées véritablement lumineuses qui viennent aux hommes supérieurs dans les circonstances critiques. Prudemment, Dumollet jeta un regard autour de lui, les lumières de la sous-préfecture étaient éteintes, la grille était fermée, il n'y avait personne ; ils étaient seuls, Coqueluchon, la contre-basse, le réverbère et lui, seuls dans la nuit profonde.

Posant délicatement l'instrument fatal sur le pavé, Dumollet tira son couteau et courut à la boîte de tôle où aboutissait la corde du réverbère. D'un coup de couteau porté avec une force et une énergie doublées par le sentiment du danger, Dumollet opéra l'effraction de la boîte. La corde était là, Dumollet n'eut qu'à l'enlever du crochet, immédiatement le réverbère descendit à terre avec un grincement de poulies qui fit passer un frisson dans le dos du criminel.

Dumollet saisit la corde, fit un nœud coulant à côté du réverbère et passa dedans la crosse de la contre-basse. Cela fait il n'y avait plus qu'à hisser le tout ; Dumollet, avec mille précautions, tira sur la corde, le réverbère et la contre-basse, s'entrechoquant quelque peu, montèrent lentement dans le ciel.

Rien n'avait bougé à la sous-préfecture ou dans les maisons environnantes. Dumollet poussa un soupir de joie et de soulagement. Il n'était donc plus un voleur, il pouvait encore marcher la tête haute dans la société ! En un clin d'œil il fut sur

Coqueluchon et tous deux s'en allèrent au petit trot à la recherche d'un logis pour le reste de la nuit.

V

Une contre-basse transformée en baignoire

Dans la grande rue, des enseignes d'auberge grinçaient légèrement au souffle de la brise nocturne, ainsi que des harpes éoliennes de fer blanc. Dumollet et Coqueluchon donnèrent la préférence à l'auberge du Cœur-Volant, tant pour sa bonne apparence que parce qu'elle était la première. Sous les coups redoublés distribués dans la porte par Dumollet et sous les appels de Coqueluchon, l'hôtesse elle-même se réveilla et daigna paraître à la fenêtre au-dessus de l'enseigne.

– Pourquoi ce tapage, s'il vous plaît ? demanda-t-elle de mauvaise humeur, le feu est-il à la ville ?...

– Je demande un lit, madame, pour moi et pour Coqueluchon, répondit Dumollet.

– Et d'où sortez-vous à cette heure-ci, quand tous les honnêtes voyageurs sont couchés ?

– Je sors de soirée, madame ! moi aussi j'aurais bien voulu me coucher à l'heure de tout le monde, mais je n'ai pas pu !... J'arrive du bal de la sous-préfecture... monsieur le sous-préfet n'a pas voulu me laisser partir plus tôt !

– Ah ! vous êtes un invité de monsieur le sous-préfet, dit l'hôtesse radoucie, je vais vous envoyer un garçon...

Le garçon avait le sommeil dur sans doute, car il mit un quart d'heure à descendre et lorsqu'il ouvrit la porte, il trouva

Dumollet endormi sur la borne, avec la tête de Coqueluchon, qui ronflait debout, appuyée sur son épaule.

– Qu'est-ce que vous avez pour souper ? dit Dumollet en se réveillant.

Le garçon se mit à rire.

– À quatre heures du matin ! Croyez-vous pas que la cuisinière va se réveiller pour vous fricasser un poulet ?... Attendez sept heures, vous aurez du café au lait.

Dumollet soupira.

– Allons, mettez Coqueluchon à l'écurie ; ayez-en bien soin et donnez-moi une chambre.

Dumollet n'eut pas le courage de se déshabiller, il se jeta sur son lit et s'endormit aussitôt d'un vrai sommeil de plomb.

Hélas ! le pauvre voyageur fatigué ne put faire la grasse matinée comme il se l'était promis, son appétit et un certain crépitement contre les vitres le réveillèrent quelques minutes après sept heures.

– Il pleut ! se dit machinalement Dumollet en regardant la fenêtre, c'est excellent pour les radis !...

Soudain une idée terrible lui traversa l'esprit. Et la contre-basse accrochée au réverbère, sans abri, devant la sous-préfecture ?... Excellente pour les radis, la pluie, mais désastreuse pour les contre-basses.

Dumollet sauta sur ses jambes flageolantes et courut à la fenêtre. Horreur ! il pleuvait à verse !

L'âme généreuse de notre ami n'hésita pas ; il fallait sauver la contre-basse, cette contre-basse que l'irascible sous-préfet l'avait forcé de voler. Dumollet descendit rapidement l'escalier de l'auberge, son parapluie à la main, et se précipita dehors sans même songer à s'informer de la santé de Coqueluchon.

Dans la rue, il s'orienta. Il fallait prendre la première rue à gauche, puis tourner à droite, puis encore à gauche... C'était difficile, heureusement le chemin lui fut indiqué par une bande de gamins qui couraient en criant :

« À la sous-préfecture ! »

Plus on approchait, plus la rue semblait en rumeur. Dumollet s'en aperçut avec inquiétude ; des boutiquiers causaient sur le pas des portes, des bonnes femmes, la boîte à lait à la main, semblaient se raconter des choses émouvantes et mystérieuses.

Au dernier tournant de la rue, Dumollet s'arrêta en proie à une vive émotion. Le carrefour devant la sous-préfecture était plein de monde ; boutiquiers, bourgeois, laitières, gamins, agents de police, gendarmes, tous le nez en l'air sous la pluie, regardant de leurs yeux les plus stupéfaits la contre-basse balancée par le vent à côté du réverbère.

Pauvre contre-basse ! Était-ce bien encore une contre-basse, un poétique instrument de musique prêt à frémir sous l'archet et n'était-ce pas plutôt une simple baignoire, ruisselante et défoncée ? Elle débordait, la pauvre contre-basse ; à travers ses flancs gondolés et décollés, l'eau filtrait et tombait en cascade sur le pavé. C'était navrant !

– Et pourquoi ne la décroche-t-on pas tout de suite ? demanda Dumollet en se dissimulant sous son parapluie.

– Pourquoi ? dit un bourgeois, eh bien ! et le procès-verbal ? Il y a un mystère là-dessous et la police cherche à le percer...les voisins ont entendu des bruits suspects cette nuit et l'on dit toutes sortes de choses ! D'ailleurs on attend M. le sous-préfet que l'on vient de réveiller.

– Moi, dit un autre bourgeois, je ne serais pas éloigné de croire qu'il y a un crime là-dessous ; cette contre-basse là-haut, ce n'est pas naturel, monsieur !

Dumollet perdant tout courage allait fuir, mais l'arrivée d'un nouveau personnage le cloua au sol.

C'était M. le sous-préfet qui descendait, les yeux gros de sommeil, un parapluie à la main. Il s'en vint droit au groupe des autorités, non loin de Dumollet qui abrita le plus possible sa tête coupable sous son parapluie.

M. le sous-préfet n'eut qu'un regard à jeter en l'air pour reconnaître la contre-basse.

Il retira tout de suite son lorgnon et se retourna vers le maréchal des logis de la gendarmerie.

– Je sais ce que c'est, dit-il d'une voix brève.

Les gendarmes et les bourgeois regardèrent le premier fonctionnaire de la ville avec une mine qui témoignait de leur immense admiration pour sa perspicacité.

– Je connais l'individu qui a fait cela, reprit le sous-préfet, et je vais vous donner son signalement.

Dumollet frémit. Le sous-préfet, parlait maintenant à voix basse et le gendarme prenait des notes.

– Les allures extrêmement suspectes de cet individu m'avaient donné des soupçons cette nuit, reprit le sous-préfet, je regrette maintenant de ne pas l'avoir fait arrêter...D'abord cet homme n'était pas ce qu'il disait être ! pas musicien pour deux sols !...Quel était son but en s'introduisant à la sous-préfecture, je ne puis le deviner tout à fait, mais je penche à croire qu'il avait des intentions coupables... ce doit être un ennemi du gouvernement... Mais n'effrayons pas les populations, restez calme, maréchal des logis, et veillons !...Malheureusement je ne puis signaler le fait mystérieux à Paris, le télégraphe ne marche pas, interrompu par le brouillard ! Décrochez la contre-basse, consignez-la au greffe, et revenez chercher mes instructions.

Dumollet n'eut qu'une pensée, la fuite. Fermant presque son parapluie sur sa tête, il se dégagea doucement de la foule et prit sa course vers le *Cœur-Volant*.

– Eh bien ! lui dit l'hôtesse, vous venez de la sous-préfecture, on dit qu'un musicien a été assassiné en sortant du bal de M. le sous-préfet et que pour se débarrasser de sa contre-basse, les assassins l'ont accrochée au réverbère !... Quelle terrible affaire !

– C'est horrible ! balbutia Dumollet.

– Si monsieur veut déjeuner ? dit l'hôtesse.

Dumollet pour ne pas éveiller les soupçons consentit à déjeuner, bien qu'il n'eût plus faim du tout, puis il paya sa dépense et s'en fut seller lui-même Coqueluchon qui ne soupçonnait rien.

– Monsieur s'en va déjà ? dit le garçon quand Dumollet passa sous la porte en tirant Coqueluchon par la bride.

– Oui !... Je vais à Paris ! répondit Dumollet, comprenant la nécessité de dérouter la maréchaussée que le sous-préfet allait lancer sur sa piste.

Dumollet forcé d'avoir de l'astuce, ce qui n'était pas dans ses habitudes, fit de son mieux ; il prit ostensiblement la route de Paris, et une fois dans les champs fit le tour de la ville pour retrouver la route de Bretagne qu'il avait un peu perdue la veille.

Coqueluchon était mélancolique. Depuis son réveil il n'avait pas daigné braire une seule fois. Les oreilles basses, la tête penchée vers la poussière du chemin, il trottait péniblement. Dumollet n'osait rompre le silence pour ne pas troubler l'amère tristesse de son compagnon.

– C’est le remords, pensait-il, le remords de sa coupable conduite envers la noce Cloquebert, le chagrin de m’avoir causé tant d’émotions depuis hier !

Non ! ce n’était pas le remords, c’était tout simplement le mal de tête. Coqueluchon subissait les étreintes de cette migraine vengeresse des lendemains d’orgie. Migraine, courbature, affaissement général, mauvaise humeur, la série complète enfin, châtiment de sa mauvaise conduite !

Le pauvre Dumollet aussi, victime de Coqueluchon, ressentait de violents élancements dans la région crânienne, mais du moins son âme était pure, Coqueluchon et la fatalité avaient tout fait !

Vers midi, après une marche coupée de nombreux repos dans les herbages, sur les talus de la route, les deux voyageurs s’arrêtèrent dans un village pour s’offrir un repas substantiel. Dumollet consacra deux heures à cet important travail et se remit en route ensuite par un beau soleil. La pluie du matin, cette pluie fatale qui avait fait tant de mal à la contre-basse, n’avait pour ainsi dire duré que juste le temps nécessaire pour causer des désagréments à Dumollet !

Après une accalmie pendant le repas, la migraine des deux voyageurs était revenue plus féroce que jamais, Coqueluchon soupirait à toute minute et Dumollet avait de la peine à se tenir éveillé.

Et avec cela, la mauvaise humeur de Coqueluchon semblait devenir du mauvais caractère.

Il lui prenait des fantaisies que Dumollet était obligé de supporter. Par moments, malgré les objurgations de son cavalier, il s’élançait dans les champs à droite de la route, galopait dans les terres, au risque de conflits avec des gardes champêtres, et attrapait au passage une touffe de verdure, une carotte ou simplement quelques fleurettes des prés.

La soif le tourmentait. À un certain moment, son nez en quête de rafraichissements, se releva pour humer l'air ; il respira bruyamment plusieurs fois, puis relevant les oreilles, il poussa un hi-han de triomphe et faisant un brusque écart, il sauta dans un champ à droite de la route au beau milieu d'un troupeau d'oies gardé par une petite fille.

En sautant le fossé, une sangle se cassa, et la selle tournant tout à coup, Dumollet faillit passer sous le ventre de sa monture. Par bonheur, il s'était énergiquement accroché à la maigre crinière de Coqueluchon, et il réussit à se maintenir malgré le galop insensé que l'âne avait pris à travers les terres.

– Où allons-nous ? où allons-nous ? se demandait, pendant la course, Dumollet qui ne pouvait relever la tête et se laissait aller à l'aventure.

Coqueluchon s'arrêta tout à coup, aussi brusquement qu'il était parti. Dumollet cessa de se cramponner et releva la tête, mais au même instant Coqueluchon baissant la sienne et relevant le train de derrière, se débarrassa de son cavalier avec une désinvolture qui rappelait les exploits de sa jeunesse à Montmorency.

Dumollet opéra une véritable cabriole, et, la tête la première, tomba dans la gentille petite rivière que Coqueluchon avait sentie de loin.

Quel plongeon ! Les éclaboussures jaillirent jusqu'à plus de dix mètres. Coqueluchon sans s'inquiéter de son cavalier qui se débattait dans les roseaux, buvait à longs traits avec un air de contentement parfait.

La rivière n'était pas très profonde, mais Dumollet, tombé la tête en avant, avait aux trois-quarts enfoncé cette importante partie de son individu dans la vase molle et poussait des cris inarticulés en essayant de se dégager. L'insouciant Coqueluchon, très joyeux, s'était mis à braire et, comme par mauvaise humeur il avait gardé le silence depuis le matin, il se rattrapait de façon à fatiguer les échos.

Ces éclats de musique, par bonheur, attirèrent l'attention d'un homme qui péchait non loin de là sous les saules ; apercevant quelque chose qui remuait au milieu de la rivière, il accourut, et tendant à Dumollet un bras secourable, il le ramena sur la rive, trempé, grelottant, dégouttant, avec la tête coiffée d'herbes en quantité suffisante pour confectionner un petit plat d'épinards et une écrevisse dans sa poche.

C'était trop d'émotions ! Naturellement Dumollet s'évanouit entre les bras de son sauveur et ne revint à lui qu'un quart d'heure après... sous une effroyable tripotée de coups de poings que deux hommes lui administraient.

Horreur ! il se crut tombé entre les mains de ses ennemis, la noce Cloquebert et le sous-préfet Corniflet de Sainte-Amaranthe. Rappelant à lui toute son énergie, il se défendit de son mieux contre ses assaillants et leur rendit le plus de coups de poings possibles ; mais hélas ! il était déshabillé et couché dans un lit qu'il ne connaissait pas, que pouvait-il contre deux vigoureux gaillards tout habillés ?

– Je me rends ! gémit-il enfin, faites de moi ce que vous voudrez, mais ne tapez plus !

– Au contraire, dit un des hommes, il faut taper et défendez-vous, ça vous fera du bien !

Et les bourrades recommencèrent plus énergiques que jamais.

– Mais, qu'est-ce que je vous ai fait ? cria Dumollet.

– Le docteur nous a dit de frictionner, nous frictionnons, reprit l'homme entre deux énormes tapes.

– Là, c'est très bien, dit un troisième personnage entrant dans la chambre, la circulation est rétablie, je réponds de lui maintenant.

Dumollet soupira de contentement.

– Très bien ! dit le personnage qui était apparemment le docteur, le pouls est mauvais, très bien... l'œil est terne, la tête est lourde, montrez la langue ?... hein, pas très bonne, estomac délabré, vous avez l'air épuisé par des excès, je vois ça sur votre figure... des excès ! des excès ! des excès ! voici ce que j'ordonne, tranquillité absolue, diète sévère, ou je ne réponds de rien.

– Mais... où suis-je ?

– À l'auberge du *Cheval-Rouge*, bonne auberge, vous avez eu de la chance de tomber à l'eau si près d'elle... bonne table, cave supérieure ! mais pas pour vous, car faites bien attention, mon ami, plus d'excès ou vous êtes perdu... D'ailleurs, vous n'aurez ni un bouillon ni un verre de vin sans ma permission.

– Quelle maladie ai-je donc ?

– Ça ne vous regarde pas !

Sur ce mot, le docteur se retira majestueusement, laissant Dumollet très effrayé.

VI

Rencontre épouvantable du grand serpent de Seine-et-Oise et le combat qui s'ensuivit.

Et l'infortuné Dumollet resta trois jours au lit sans bouger et sans manger. Sans bouger, ce n'était rien, c'était facile, cela le reposait délicieusement de ses deux journées de voyage si horriblement mouvementées, mais sans manger était plus dur !

Car en dépit des prévisions du docteur, l'appétit lui était venu comme à l'ordinaire, le soir de son accident, et ne l'avait pas quitté depuis. Cet appétit se trouvait surexcité du matin au soir par l'odeur agréable et savoureuse qui montait toute la journée des cuisines de l'hôtel du *Cheval-Rouge*, apportant avec elle des visions de gigots et de canards embrochés tournant devant les flambées de la grande cheminée, de poulets rôtissant sur les fourneaux, de soupes délectables bouillant à grand fracas dans les marmites de fonte.

Le pauvre Dumollet maigrissait à vue d'œil et la grosse servante qui lui apportait de l'eau panée, ne s'aventurait plus qu'avec inquiétude dans sa chambre par crainte d'être dévorée.

Deux fois par jour, le passage des diligences remplissait l'auberge de tapage et de mouvement. On relayait au *Cheval-Rouge* ; les senteurs culinaires montaient de plus belle à ces heures-là et Dumollet, plus malheureux que jamais, croyait entendre le bruit des mâchoires et des fourchettes fonctionnant devant la nappe de la grande table d'hôte.

À chaque départ, quand les diligences démarraient au milieu d'un tintamarre de coups de fouet, de cris, de rires, de trompettes, quelquefois de cors de chasse, Dumollet pouvait entendre le refrain maintenant populaire :

Bon voyage monsieur Dumollet
À Saint-Malo débarquez sans naufrage, etc.

Et l'amertume entrait de plus en plus dans son âme, et il se hasardait à quelques petites critiques des traits d'Estelle, sa fiancée, la véritable cause de son malheur, dont il considérait de temps en temps la miniature pour se désennuyer.

Par bonheur la grosse bonne se laissa enfin attendrir et consentit à apporter du bouillon en cachette à son malade. Sans ce bouillon, Dumollet se fût peut-être laissé aller à l'anthropophagie.

Le quatrième jour, le docteur se montra satisfait.

– Encore huit jours de diète, dit-il, et vous êtes sur pied, frais comme un jeune homme !

Dumollet frémit. Ramassant tout son courage, il se leva dès que le docteur fut parti, fit seller Coqueluchon, paya sa pension, et malgré les efforts de l'aubergiste pour conserver ce voyageur qui payait et qui ne consommait pas, mit Coqueluchon au grand trot pour s'éloigner au plus vite de l'auberge du *Cheval-Rouge*.

...En passant dans un village, mettant tout à fait de côté les prescriptions du docteur, il acheta un jambon, du pain, une bouteille de vin et emporta le tout au fond d'un bois pour le dévorer loin des affameurs autorisés par la faculté. Journée délicieuse, Coqueluchon guéri de sa migraine, avait retrouvé sa bonne humeur d'autrefois ; il était charmant, obéissant, tranquille, ainsi qu'il sied à un âne de bonne compagnie. Dumollet se sentait presque joyeux. On fit un repas excellent sur l'herbe tendre, dans une clairière égayée par une grande flambée de chaud soleil, et, le jambon fortement entamé, on s'offrit une sieste de trois heures. Dumollet rêva que son voyage était terminé, qu'il était arrivé à Saint-Malo et que Coqueluchon et lui tombaient aux genoux d'Estelle.

Pauvre Dumollet, il n'avait pas épuisé toutes les rigueurs du sort, ses malheurs n'étaient pas terminés !

Quand il remonta sur Coqueluchon pour continuer son voyage, il était déjà cinq heures, et pour arriver à la prochaine étape, il fallait arpenter trois petites lieues de pays. Coqueluchon trottait ferme pour faire oublier par sa bonne volonté ses peccadilles un peu fortes du début du voyage. Le soleil se couchait lorsque les deux voyageurs aperçurent au loin les toits d'une petite ville.

Dumollet les indiqua du bout de son parapluie à Coqueluchon, qui se mit à braire de joie et précipita son allure.

Tout à coup, à un quart de lieue du pays, au sortir d'un petit bois coupé par un sentier de traverse, la fatalité acharnée contre Dumollet et sa monture les jeta dans une nouvelle aventure ! Vraiment c'était à croire qu'elle possédait des actions dans les diligences Lafitte et Caillard, cette fatalité si désagréable !

Le soleil se couchait, nous l'avons dit. De grands rayons jaunes d'un éclat éblouissant arrivaient en plein dans la figure du brave baudet qui fermait les yeux de temps en temps et trottinait gaillardement, sans défiance aucune ; Dumollet songeait déjà au menu du souper lorsque tout à coup sur la lisière du petit bois, une apparition horrible cloua le malheureux Coqueluchon sur ses quatre jambes et lui fit dresser tous les crins de terreur.

Sur l'herbe verte, un immense serpent rouge et violet allongeait ses anneaux, non pas une petite couleuvre ou même une vipère, comme à la rigueur on en peut rencontrer sous nos climats, mais un véritable monstre des pays tropicaux, un effroyable serpent peut-être à sonnettes, qui ne devait avoir qu'à ouvrir la bouche pour engloutir monture et cavalier. Il dormait en travers du sentier, l'air à la fois nonchalant et terrible, l'œil clos, la bouche ouverte, avec une très longue langue rouge, sortant de l'entonnoir à demi ouvert qui fendait d'un rictus formidable sa hideuse tête plate !

Le serpent, Dumollet n'eut besoin que d'un coup d'œil pour le reconnaître, il l'avait vu dans l'*Histoire des naufrages* ; il était tout à fait de l'espèce du monstre qui jadis avait dévoré, avec leurs habits, leurs chapeaux et leurs sabres, 72 marins anglais jetés par un naufrage sur les côtes inhospitalières de l'Amérique du Sud ! Mais c'était le premier qui paraissait en Seine-et-Oise, département jusque-là tranquille, fertile seulement en lièvres, lapins, perdrix grises et cailles. Comment était-il venu jusque-là et comment l'autorité n'avait-elle pas pris des mesures pour préserver de ses atteintes les paisibles voyageurs ?

Toutes ces choses et une foule d'autres traversèrent en une minute l'esprit de Dumollet. Comment faire pour éviter le sort des 72 matelots anglais ? Comment échapper au monstre ? Heureusement, il dormait. Dumollet avec une ombre d'espoir, tira doucement sur la bride de Coqueluchon pour le faire reculer sans bruit, mais, ô catastrophe, Coqueluchon au comble de l'épouvante et fasciné par le reptile, se mit à braire à pleine gorge sans bouger de place. Tout était perdu ! C'était fini ! Le serpent allait se réveiller et s'allonger... Dumollet voulut au moins mourir en brave ; fouillant dans son porte-manteau, il tira son pistolet et visant le monstre à la tête, fit feu rapidement.

Le chien s'abattit et fit jaillir une étincelle, mais le coup ne partit pas. Dumollet dans son trouble, oubliait qu'il n'avait pas pris de poudre de peur d'accident.

Le seul résultat du coup du pistolet fut de réveiller le courage de Coqueluchon, le brave baudet montrant un héroïsme que son ami ne lui connaissait pas, tourna vaillamment le dos au monstre et se mit à lui détacher une série de ruades pendant que Dumollet s'armant de son parapluie s'escrimait de son mieux.

Spectacle sublime ! Coqueluchon purgeant Seine-et-Oise des monstres tapis sous la ramure des forêts ! Le serpent surpris dans son sommeil n'avait sans doute pas tous ses moyens ou bien il digérait trop lourdement une proie, car sous les coups ses anneaux ne se déroulaient dans l'herbe qu'avec une certaine mollesse. L'espoir renaissait dans le cœur de Dumollet, d'autant plus que l'on venait à son secours, car des cris se faisaient entendre à peu de distance. Une dernière ruade lança notre voyageur en plein sur le monstre. Dumollet s'attendit à sentir les crocs du reptile s'implanter avec leur mortel venin dans ses chairs, il ferma les yeux et frappa avec une telle force que tout à coup son parapluie s'enfonça jusqu'au manche dans le corps de l'ennemi ; un craquement se fit entendre et le serpent creva dans toute sa longueur !

Dumollet était victorieux ! Le terrible reptile qui jadis avait dévoré 72 marins anglais sans broncher, avait succombé sous ses coups ; il n'y avait plus sur l'herbe qu'une peau flasque, visqueuse et racornie que Coqueluchon remis de sa frayeur flairait en reniflant avec dédain.

Et Coqueluchon modeste comme tous les héros, baissa la tête pour tondre un peu, comme si rien ne s'était passé, l'herbe du champ de bataille.

VII

Dumollet contracte un engagement dans la célèbre troupe Turpinski.

Après cette chaude alarme, Dumollet s'essuyait le front et respirait avec délices en se demandant quelle flatteuse récompense le gouvernement allait lui offrir, lorsque tout à coup il se vit entouré par une bande d'individus extrêmement bizarres dans lesquels il reconnut du premier coup d'œil de simples saltimbanques.

Deux hercules, l'un très gros et très court, l'autre très maigre et immensément long, revêtus par-dessus leurs maillots de houppelandes fourrées et rapiécées, le saisirent chacun par un bras, tandis qu'une Colombine énorme et soufflante le tenait solidement au collet.

Un jocrisse et un homme vêtu d'un uniforme élimé de lancier polonais avec un énorme schapska à plumet sur la tête et un trombone sous le bras attrapèrent Coqueluchon par la bride et maîtrisèrent ses velléités de résistance, pendant que cinq ou six chiens savants, habillés en général anglais, en marquise, en danseuse, en mirliflor, tous sautant sur leurs pattes de derrière et embarrassés dans les basques de leurs habits, dans leurs épées ou dans leurs jupes, aboyaient avec fureur autour du groupe.

– Qu'est-ce que vous me voulez ? demanda Dumollet blêmissant devant cette nouvelle aventure.

– Scélérat ! Monstre ! rugit la grosse Colombine, vous nous avez ruinés, vous avez détruit notre serpent... un superbe serpent qui ne vous faisait rien...

– Oui ! crièrent les hercules d'une voix caverneuse, brigand !

– Brigand ! Scélérat ! cria le jocrisse d'une voix aiguë.

Les chiens savants redoublèrent de sauts et d'aboiements.

Dumollet comprit. Le monstrueux reptile qu'il venait d'occire appartenait à ces saltimbanques et s'était sans doute échappé des cages de leur ménagerie.

– Je l'ai tué en me défendant ! cria-t-il en sautant sur ses jambes pour éviter les dents des chiens savants, il n'y a pas de ma faute... quand on a des bêtes féroces on ne les laisse pas se sauver de leur cage !

– Qu'est-ce que vous dites ? fit la Colombine sans lâcher le col de Dumollet.

– Je dis que c'est votre faute et que je pourrais déposer une plainte contre vous... votre serpent s'est sauvé de sa cage par votre imprudence sans doute, et il s'est jeté sur moi, voyageur paisible...

– Il s'est jeté sur vous ?...notre serpent ?...

– Oui ! dit effrontément Dumollet, il était caché là, dans les herbes, et tout à coup il s'est élancé sur moi... avec un horrible sifflement ! Devais-je me laisser dévorer ?... Je me suis défendu comme j'ai pu et je l'ai tué !

– Il s'est jeté sur vous ! clama la grosse Colombine, quelle effronterie ! oh !

– Il s'est jeté sur vous ! ah ! grognèrent les deux hercules.

– Taisez-vous, vous autres, c'est moi que ça regarde ! dit la Colombine. Comment se serait-il jeté sur vous, scélérat, puisque...

– Oui, avec la gueule ouverte et des sifflements... et un dard...répéta Dumollet.

– Scélérat effronté ! Comment pouvez-vous soutenir que mon serpent vous attaquait puisque c'est un serpent en baudruche !

Dumollet pâlit.

– En baudruche ! balbutia-t-il.

– Oui, en baudruche ! Tenez, regardez ce qu'il en reste !

Le Jocrisse, la figure piteuse, ramassa les morceaux de la victime de Dumollet et les lui mit sous le nez.

– Vous voyez ! reprit Colombine, c'est de la baudruche et supérieurement peinte pour imiter la peau d'un vrai serpent ! On n'en fait pas de pareils ! Nous venions de gonfler notre serpent et de le repeindre pour la représentation de demain, nous l'avions mis sécher dans l'herbe, pendant que nous étions tout entiers à notre répétition derrière nos voitures là-bas, et voilà que vous nous le détruisez !

Les deux hercules secouèrent fortement Dumollet et les chiens aboyèrent avec fureur.

– C'est une méprise ! gémit Dumollet, j'ai cru que c'était un vrai serpent, je reconnais mes torts et je suis prêt à payer le dégât.

– Payer le dégât ? dit dédaigneusement Colombine, est-ce qu'on peut payer un serpent aussi réussi, aussi terrible ! Pouvez-vous payer la science de celui qui en a fourni le modèle, qui a donné les indications, le talent de celui qui l'a peint, les voyages qu'il a fallu faire dans les pays chauds pour en voir les pareils !

– Je pensais qu'une indemnité...

– Une indemnité ! Nous sommes ruinés ! Notre représentation de demain à Dreux manquée naturellement, tous nos frais perdus... Ce magnifique serpent était le principal attrait de nos représentations, il mettait les villes que nous traversions en révolution, tout le monde venait voir dans notre tente mon mari, le célèbre dompteur Turpinski, dompter ce féroce reptile et le forcer à s'enrouler en sifflant autour de son cou...tout le monde frémissait alors, il y avait toujours au moins une dame ou deux qui s'évanouissaient de terreur.

Le gros hercule fit un signe de tête en souriant avec vanité.

– Et c'est fini !

– Indemnité, répéta timidement Dumollet.

– Nous sommes ruinés, notre nègre Carcassou nous a quittés il y a trois jours pour aller avec la concurrence, un cirque de quatre sous...la perte de notre serpent nous achève !

Les deux hercules secouèrent plus vigoureusement Dumollet.

– Je ferai tout ce qu'il faudra ! gémit l'infortuné.

– Écoutez, vous avez un bel âne...

– Vous donner Coqueluchon, jamais ! j'offre quarante francs !

– Vous plaisantez, le serpent valait vingt fois plus... nous prendrons les quarante francs et...votre âne est très joli...

– Je ne veux pas le donner !

– Vous ne nous le donnerez pas, vous nous le prêterez ! Là ! Le temps de raccommoder notre serpent... Quelques jours seulement... sans quoi vous comprenez que sans nègre et sans serpent nous ne pouvons plus rien faire, tout est perdu par votre faute.

– Mais je n'ai pas tué votre nègre, moi, si j'ai abîmé votre serpent !

– La perte de notre serpent nous achève... le nègre, à la rigueur, nous nous en passions, mais le serpent ! Donc 40 francs et votre âne pour quelques jours...

– Je ne veux pas m'en séparer...

– Eh bien, restez avec lui et venez avec nous...

– Par exemple ! dit Dumollet, et ma dignité ?

Colombine et les deux hercules reprirent le collet de Dumollet.

– Je consens, dit Dumollet.

– Venez en ami ! nous sommes de bons enfants, reprit la Colombine et j'ai encore une idée ! Écoutez : vous parlez de votre dignité, j'ai trouvé un moyen de la mettre à couvert, vous remplacerez le nègre Carcassou !

Dumollet et le gros hercule regardèrent Colombine, le premier avec effarement et le second avec admiration.

– Je vous en prie, reprit Colombine, il n'y a que ce moyen de sauver notre représentation de demain à Dreux, Carcassou et le serpent sont sur les affiches placardées depuis 8 jours en ville, si tous les deux manquent, on nous jettera des pommes cuites ! Consentez à prendre le rôle de nègre et tout ira bien tout de même.

Déjà le Jocrisse entraînait vers les voitures Coqueluchon suivi par les chiens savants.

– Allons ! dit Dumollet, je consens à vous suivre, mais nous verrons pour le nègre...

– Vous n'aurez qu'à vous tenir dans une cage et à grincer des dents sans rien dire...ça n'est pas difficile, il n'y a pas besoin d'avoir la vocation...

– Mais je ne suis pas nègre du tout !

– Qu'est-ce que ça fait, en une demi-heure, demain matin, on vous transformera en nègre... et vous êtes justement de la taille de Carcassou, j'ai un de ses costumes de sauvage qui vous ira très bien.

Dumollet baissa la tête tout à fait accablé sous les coups de la destinée. Décidément le ciel lui en voulait, la fatalité s'acharnait à l'écraser sous des coups redoublés, il se déclarait vaincu et désormais il ne résisterait plus ! Et pris sous le bras d'un côté par l'hercule gras et de l'autre par l'hercule maigre, il suivit Coqueluchon vers le campement des saltimbanques.

VIII

Souper à la belle étoile et installation en trois morceaux dans l'armoire des Turpinski.

Dans un pli de terrain, le long du bois, deux longues voitures étaient rangées côte à côte, deux véritables maisons roulantes, peintes en vert tendre, avec escalier et balcon à l'avant, fenêtres à rideaux rouges et cheminées lançant en l'air leur petite spirale de fumée.

Sur le côté paissaient quatre chevaux extraordinaires, vieux, maigres, velus et comme chevelus, avec des crins jaunes tombant en longues mèches éplorées le long du nez, ce qui leur donnait de faux airs de poètes incompris ou d'étudiants allemands.

Entre les deux voitures une jeune fille vêtue d'un costume de danseuse de corde, déchiré, reprisé, mais encore orné çà et là de quelques rangs de paillettes, mettait des assiettes sur une planche posée sur deux caisses, tandis que, sous cette table improvisée, une chienne savante, sans souci de sa belle robe à falbalas, donnait à téter à quatre gros toutous fort indifférents à la gloire artistique de leur mère.

– Friska ! dit la grosse Colombine, mets encore une assiette, nous avons un artiste de plus.

– Et un serpent de moins, grommela l'hercule en jetant à terre la dépouille du féroce reptile massacré par Dumollet.

La jeune danseuse, à la vue des misérables restes du serpent, la gloire de la troupe, se laissa tomber pétrifiée sur la table et faillit faire sauter toute la vaisselle.

– Oui, Friska, dit l'hercule, notre serpent est crevé, et c'est monsieur qui a...

– Et vous l'invitez à dîner pour ça ! s'écria Friska en levant les bras en l'air.

– Et nous l'engageons dans notre troupe, lui et son âne, répondit Colombine, je t'expliquerai ça...Comment les trouves-tu ?

– Le bel âne !

– Monsieur est très bien aussi, demain il sera superbe en nègre !

– Ah ! dit Friska eu battant des mains, il remplace Carcassou ! très bien ! très bien ! nous aurons encore le *Nègre sauvage anthropophage, du cap de Bonne-Espérance !...*

Dumollet salua très intimidé.

– Allons, à table ! dit la Colombine.

– V'là la soupe, maman ! dit un petit garçon habillé en paillasse sur le balcon d'une voiture.

– V'là les pommes de terre, maman ! dit un autre petit garçon également en paillasse, surgissant par une fenêtre de l'autre véhicule.

Les hercules se précipitèrent dans les voitures et reparurent portant avec précaution, l'un une grande soupière fumante et l'autre un plat de pommes de terre.

– À la fortune du pot ! dit Colombine en brandissant une louche, vous excuserez, Monsieur, nous ne nous attendions pas à un convive...nous n'avons que des pommes de terre au lard ;

s'il n'était pas si tard, nous aurions tordu le cou à l'un de ces canards.

Dumollet regarda du côté que Colombine lui indiquait avec sa louche, et aperçut sous une voiture, serrés dans un panier à clairevoie, deux gros canards verts endormis à côté d'une tasse pleine d'eau.

– À propos, les poules ont encore pondu, dit Friska, ça nous fait la douzaine !

Sous la seconde voiture, Dumollet vit un autre panier habité par trois poules.

– Friska ! dit majestueusement Colombine en servant la soupe, après la soupe, tu nous fabriqueras une de ces omelettes comme tu sais les faire.

– Avec beaucoup de lard, fit le gros hercule.

Friska passa la boîte qui lui servait de chaise à Dumollet et s'assit sur un tambour.

Dumollet soupira. En quittant le matin l'auberge du *Cheval-rouge*, il ne s'attendait certes pas à souper en plein air avec des saltimbanques, peut-être peu recommandables. Heureusement la soupe était bonne, cela glissa un soupçon de consolation dans son cœur.

– Bon ! dit Colombine en reposant sa cuiller dans son assiette vide, votre âne me plaît, Monsieur...

– Vous me l'avez déjà dit, soupira Dumollet.

– Il doit être très intelligent ?

– Il l'est, Madame.

– Qu'est-ce qu'il sait faire ?

– Mais...ce que font tous les ânes naturellement.

– Je veux dire a-t-il des talents ?

– Dame, je ne lui en connais pas.

– Comment ! vous avez un âne intelligent et vous ne cultivez pas son intelligence, et vous ne lui donnez pas quelques petits talents de société ?...

– Je n'y ai pas pensé, fit humblement Dumollet.

– Tous les bourgeois sont naturellement imbéciles ! dit l'hercule mastodonte de sa grosse voix.

– Tenez, reprit Colombine, voilà Zelma, la chienne qui nourrit ses petits sous la table, vous ne pouvez vous figurer avec quelle grâce elle danse la polka... Et Cocambo, le gros caniche là-bas, en général anglais, il joue aux dominos comme un ange ! Plus fort que le célèbre Munito, qui a fait courir tout Paris... Cocambo n'est qu'un caniche de province, mais il est plus fort que le caniche de Paris. Grâce à mes leçons, Monsieur !... Voilà ! les bourgeois ne se donnent pas la peine de cultiver l'intelligence de leurs bêtes, mais vous verrez avec nous, Monsieur, comme votre âne va devenir rapidement spirituel ! À propos, comment l'appelez-vous ?

– Coqueluchon.

– Bon, nous l'appellerons Coquelucha et nous le transformerons en girafe !

Friska, qui revenait avec l'omelette fumante dans la poêle, approuva fortement.

– Oh ! bonne idée ! bonne idée !

– En girafe ! s'exclama Dumollet.

– Oui, Monsieur, comme celle qui vient d'arriver à Paris et que j'ai été voir au Jardin des Plantes !

– Vous lui allongerez le cou ?

– Naturellement !... Oh ! sans lui faire de mal !... Nous avons tout ce qu'il faut pour cela...Je vous avouerai que le mois dernier nous avons essayé de faire une girafe avec un de nos chevaux, mais ça n'a pas réussi ; je suis certaine que ça marchera mieux avec votre âne !...Il y a là, dans une caisse, une tête et un cou postiches qui s'ajusteront très bien sur la tête de Coqueluchon... ça marchera, soyez tranquille ! Allons ! savourons l'omelette de Friska et achevons de dîner rapidement, nous avons à travailler ensuite ! Après le dîner, en un clin d'œil, les deux hercules fabriquèrent une sorte de tente, en fermant avec des toiles l'intervalle entre les deux voitures et en jetant une bâche par-dessus. Puis on déshabilla les chiens qui s'en allèrent coucher sous les voitures. Ensuite des caisses furent apportées et l'on jeta sur la table un tas d'oripeaux plus ou moins dorés et pailletés.

Colombine, Friska et le gros hercule prirent l'aiguille pour réparer çà et là quelques avaries. L'hercule maigre et le Jocrisse, artistes en tous genres tous les deux, entreprirent des travaux d'un ordre plus relevé. L'hercule raccommoda la carcasse de la girafe un peu aplatie et lui redonna un coup de pinceau pendant que le Jocrisse calligraphiait une immense affiche :

TROUPE TURPINSKI
* * *
LA GIRAFE COQUELUCHA
LA MERVEILLE DE L'AFRIQUE SU SUD
Rapportée du cap de Bonne-Espérance
Par...

Ici le Jocrisse s'arrêta et interrogea la Colombine, madame Turpinski.

– C'est Monsieur qui fait le nègre, quel nom mettrai-je sur l'affiche ?

– C'est vrai, fit madame Turpinski, comment vous appelez-vous ?

– Moi, dit Dumollet effrayé, mettre mon nom sur l'affiche ?

– Dites-nous votre nom, nous le traduirons en nègre ; votre prédécesseur s'appelait tout simplement Nicolas et nous l'avons baptisé Carcassou.

– Je m'appelle Narcisse, répondit Dumollet désireux de garder l'incognito.

– Mauvais pour un nègre, nous vous appellerons... Mokodingo, c'est beaucoup plus sauvage.

– Allons-y, dit le Jocrisse.

Par MOKODINGO

Nègre sauvage et anthropophage qui se nourrit de lapins vivants

– Et à propos, dit madame Turpinski en s'interrompant entre deux reprises, et les appointements ? Nous n'avons pas réglé la question des appointements de M. Narcisse.

– C'est vrai, rugit le gros Hercule en tirant l'aiguille.

– Je n'en demande pas, fit Dumollet, je reste avec vous pour quelques jours...en amateur...

– Nous ne pouvons pas accepter ça ! Réglons tout de suite... Que pensez-vous d'une cinquantaine de francs par mois ?

– C'est trop, Madame !

– Non, Monsieur, ce n'est que juste ! Donc, voilà qui est entendu, vous restez avec nous, ainsi que Coqueluchon, et vous nous donnez cinquante francs par mois.

– Comment, c'est moi qui vous les donne ? s'écria Dumollet.

– Mais sans doute !... Comme indemnité ! Vous avez détruit notre magnifique serpent à sonnettes, notre instrument de travail, il est juste que vous nous serviez des dommages-intérêts ! Je ne vous demande même rien pour les leçons d'art dramatique que nous allons vous donner et qui feront de vous un homme moins bête en société que le reste des bourgeois !

Lorsque, dans le silence de la nuit, on entendit au loin le clocher de Dreux sonner le couvre-feu, madame Turpinski emballa soigneusement son ouvrage.

– Allons, mes enfants, voilà l'heure de dormir, dit-elle ; demain au petit jour tout le monde debout pour nos derniers préparatifs, et, à neuf heures, entrée solennelle dans la ville !

Voyons, où allons-nous ranger M. Narcisse ?

– Dans l'ancien lit de Carcassou, naturellement, dit le gros Turpinski ; j'ai logé ailleurs la chienne Zelma et ses quatre petits...ils ont réclamé, mais je leur ai expliqué que c'était pour un artiste à deux pattes.

Dumollet n'avait jamais vu l'intérieur d'une de ces maisons roulantes avec lesquelles les saltimbanques, plus intelligents que le reste des citoyens, courent le monde si commodément, au gré de leur caprice, à travers monts et vallées, sans voisins ennuyeux, ni entraves d'aucune sorte. Il ne se doutait aucunement de la quantité de meubles et d'objets quelconques et biscornus contenus dans ces logis ambulants, ni du nombre d'habitants qui trouvaient là leur case et leur lit. M. Turpinski, son patron, l'introduisit dans la plus petite des voitures, divisée en trois compartiments : un magasin qui pouvait servir en même temps de salon et de chambre à coucher, une armoire avec une tablette en haut servant également de chambre à coucher, et une cuisine. L'Hercule maigre et le Jocrisse couchaient dans le salon ; leur lit était une sorte de table. Jocrisse couchait dessus et l'Hercule dessous, à cause de sa taille qui ne lui eût pas permis de s'accommoder de l'étage supérieur.

Dans la cuisine couchaient deux chiens, un lapin savant, un perroquet et le musicien vêtu en lancier polonais.

Dumollet dut se contenter de la tablette de l'armoire, l'ancien lit du nègre Carcassou, confortablement garni d'un matelas épais de deux doigts ; le bon Turpinski, plein de sollicitude, lui enseigna la manière de se coucher en trois morceaux de façon à ne pas se trouver gêné par les dimensions un peu restreintes du meuble, et il ne quitta son nouvel artiste que lorsque celui-ci lui eut assuré qu'il était admirablement logé.

IX

Entrée solennelle en ville.

Les personnes amies du confortable bourgeois, qui sur la description de la chambre à coucher de Dumollet ont déjà supposé que notre héros a mal dormi dans cette première nuit chez les Turpinski, sont absolument dans l'erreur. Dumollet a passé une très bonne nuit. Après deux petites heures d'essais infructueux, il est parvenu à trouver la position indispensable pour sommeiller sur la tablette sans dégringoler sur le plancher de son appartement ; il a employé deux autres heures à lutter contre des crampes contractées dans le pli en trois morceaux infligé à sa personne par l'architecture de sa couchette, mais le reste de la nuit a été tout à fait excellent.

Et même il a rêvé ! De sa fiancée naturellement, et aussi de Zelma la chienne savante aux quatre petits dont il occupait la place. Aussi à six heures du matin, il a fallu un roulement de tambour exécuté à son oreille par son voisin Jocrisse et un solo de trombone joué par le musicien polonais, pour lui faire ouvrir mollement les yeux.

– Eh bien ! paresseux, vous dormez encore ? cria du dehors madame Turpinski ; c'est aujourd'hui le jour de vos débuts dans la carrière, vous devriez avoir plus d'émotion !

Dumollet se frotta longuement les yeux et demanda cinq minutes pour se préparer à paraître devant sa directrice.

Au dehors la table était mise pour le déjeuner, qui se composait de pain et d'oignons crus pour les hommes, et de café pour les dames.

Quand Dumollet et les autres artistes prirent place pour le festin, madame Turpinski, avec l'énergie d'un général au matin d'une bataille, leur ordonna de se dépêcher.

Le premier regard de Dumollet fut pour chercher Coqueluchon. Toute la ménagerie Turpinski était là, les lapins attachés par une patte broutaient voluptueusement le serpolet du petit bois, les chiens savants en petite tenue, gravement assis autour d'une grande jatte dans laquelle Friska allait verser leur soupe, se léchaient le museau d'avance, les poules picoraient autour du campement, les canards barbotaient dans une ornière où il était resté un peu de boue des pluies dernières et les chevaux mangeaient une botte de foin ; il y avait même là deux pensionnaires que Dumollet n'avait pas vus la veille, un zèbre et un petit cochon, mais pas de Coqueluchon.

Dumollet tourna des yeux inquiets vers Friska.

– Vous cherchez Coqueluchon ? dit la jeune artiste, regardez bien, il est là pourtant.

Dumollet chercha vainement autour des voitures.

Quand il passa devant le zèbre, celui-ci tourna vers lui la tête et se frotta les naseaux contre sa manche. Dumollet s'arrêta, il lui semblait connaître ces yeux et surtout ces longues oreilles, et cependant il n'avait jamais fréquenté de zèbre, sauf celui du Jardin des Plantes, en ses promenades sentimentales de rentier parisien.

– Eh bien ! dit Friska, vous ne le reconnaissez pas ?

Dumollet regarda le petit cochon.

– Non, pas lui, reprit Friska en riant, lui, c'est notre petit cochon savant que vous admirerez aux représentations, mais le zèbre !

– C'est Coqueluchon ? s'écria Dumollet au comble de l'étonnement.

– C'est Jocrisse qui l'a perfectionné ce matin pour notre entrée en ville. À lui seul, Coqueluchon représente trois animaux, un âne, un zèbre et une girafe, car avant la représentation, on lui complétera ses peintures pour en faire la fameuse girafe Coquelucha. Il a du talent, hein, votre camarade Jocrisse ?

Jocrisse, qui s'était approché pour jouir de la stupéfaction de Dumollet, s'inclina cérémonieusement.

– Au service de Monsieur, dit-il, ça va être son tour maintenant.

Dumollet recula.

– Allons ! allons ! cria madame Turpinski, dépêchons-nous, tas de lambins, faut que M. Narcisse ait le temps de sécher !

– Tout de suite ! dit le Jocrisse en ouvrant une boîte pleine de fioles de couleur, de pinceaux, de brosses et de pots de cirage.

– Voyons, Narcisse, fit madame Turpinski en s'approchant, retirez votre habit, mon garçon, et relevez vos manches ; asseyez-vous là et ne bougez pas, on va vous embellir ! Vous savez que c'est dans votre engagement, nous n'avons pas fait de petit écrit, mais, entre gens d'honneur, la parole suffit !

Dumollet résigné s'assit et ferma les yeux.

– Très bien ! dit Jocrisse en lui passant un tampon huileux sur la figure, supposez que l'on vous fait la barbe... là, très bien, mettez votre perruque dans votre poche... voilà déjà que ça prend tournure, vous allez faire un nègre superbe !

– Un peu plus de noir, Jocrisse ! fit madame Turpinski qui avait l'œil à tout.

– C'est que j'en conservais pour les bottes du lancier polonais.

– Bah ! usez tout s'il le faut, nous en retrouverons en ville. Là, c'est très bien maintenant... tenez, Monsieur Narcisse, regardez-vous dans ce miroir, vous avez l'air aussi féroce que Carcassou !

Dumollet ouvrit les yeux et recula effrayé devant son image.

– Les bras maintenant, dit Jocrisse.

Dumollet obéit. Tout lui était égal maintenant, on ferait de lui ce que l'on voudrait.

– Et maintenant, Mokodingo, dit madame Turpinski quand il parut devant elle la figure couleur de cirage et les bras noircis jusqu'au coude, promène-toi une heure ou deux au soleil pour te sécher, mon garçon.

Pendant la mélancolique promenade de Dumollet, les artistes étaient allés s'habiller. Ils resplendissaient tous quand ils descendirent. Les deux hercules se cambraient dans des maillots roses presque neufs avec des bracelets de fourrure aux poignets et aux chevilles. Le musicien polonais avait astiqué son chapska, fourbi son instrument, frisé son plumet et blanchi ses buffleteries. Jocrisse se carrait dans un habit à carreaux de couleurs voyantes, et portait aussi galamment qu'un marquis une perruque frisée, avec une queue à un tricorne, longue tige métallique terminée par un papillon.

Les enfants et les chiens savants sautillaient gravement, revêtus de leurs plus beaux atours, et le cochon savant avait une jupe de tulle et un chapeau. Quant à Friska et à madame Turpinski, elles éblouissaient tout simplement : mille paillettes brillaient sur leurs jupes courtes et dessinaient sur leurs corsages des arabesques étincelantes.

De plus, madame Turpinski, désignée sur les affiches comme une grande dame polonaise jetée dans la carrière artistique par une vocation irrésistible, avait couronné son noble front d'un majestueux bonnet de fourrure orné d'une aigrette de diamants du cristal le plus pur.

Jocrisse, après avoir délicatement frotté le dos de sa main sur la joue de Dumollet pour voir si le nègre était bien sec, entraîna notre héros dans la voiture pour l'aider à revêtir son costume d'anthropophage composé d'un maillot noir, de trois colliers de verroteries, d'une perruque de laine noire crêpée, d'une massue et d'un pagne orné de peaux de lapins, de dents d'animaux inconnus et d'ailes de perroquet.

Cette toilette, assez simple pourtant, mais complétée par une leçon de maintien, prit une bonne heure à l'habilleur de Dumollet. Quand Mokodingo descendit de la voiture, tout était prêt pour le départ. Les chevaux étaient attelés, les enfants formaient un groupe artistique sur la plate-forme d'une voiture, à côté de madame Turpinski royalement étendue sur des coussins, et Friska montée en amazone sur le zèbre Coqueluchon, tenait la tête du cortège.

– Allons, mes enfants, en route ! cria madame Turpinski.

Le lancier polonais emboucha son trombone et l'hercule maigre qui dirigeait les chevaux fit claquer son fouet.

– Toi, Mokodingo, dit madame Turpinski, tu marches avant les voitures, après le zèbre.

Le gros Turpinski frappa sur l'épaule de notre ami. Il avait une énorme chaîne à la main et une massue sous le bras.

– Donne la patte, Mokodingo, dit-il, allons, houst !... Crrr !!!...

– Comment ? fit Dumollet.

– Oui, monsieur Narcisse, c'est pour vous attacher, vous comprenez, vous êtes un sauvage très méchant un anthropophage et je dois vous tenir solidement à l'entrée en ville pour vous empêcher de manger les habitants...Là, c'est très bien, nous y voilà. Et maintenant vous n'avez plus le droit de parler, plus un mot, mais des grimaces tant que vous voudrez ! N'oubliez pas ! Quand vous voudrez me demander quelque chose, vous grincerez des dents, je comprendrai.

La lourde chaîne était attachée à la jambe de Dumollet. L'Hercule en garda l'extrémité dans la main et, faisant le moulinet avec sa massue, il donna l'ordre du départ.

Oh ! qu'elle était justifiée l'horreur que Dumollet professait jadis pour les voyages ! Ses pressentiments sinistres ne l'avaient pas trompé ! Et dire qu'il avait cru éviter toute chance d'accident en s'embarquant sur son ami dévoué Coqueluchon, pour voyager à petites journées, tranquillement, avec des repos considérables, des siestes aux bons endroits, des séjours dans des auberges confortables et des repas à heures fixes ! il avait évité les chutes et les capilotades, les omelettes de voyageurs, les accidents spécialement réservés aux diligences, mais pour tomber dans un autre genre de malheurs plus graves peut-être.

Horreur ! lui, jeune homme tranquille, paisible rentier, électeur, citoyen recommandable, lui si bien noté dans son quartier, entrer dans les villes en sauvage vêtu de plumes de perroquet, attaché par une chaîne comme un forçat, avec la consigne d'effrayer les dames et les demoiselles par des grincements de dents, des gestes furieux et autres signes de férocité !

Il le fallait pourtant. On approchait de la ville. Les gamins au bruit de la musique accouraient en foule au-devant de la caravane. Turpinski secouait violemment la chaîne de Dumollet et lui administrait des petits coups de massue dans les jambes pour le faire sauter.

– Allons, Mokodingo, un peu de sagesse, mon garçon, ne mords pas, là ! crrrr ! tu auras de la viande fraîche tout à l'heure !

Et le pauvre Mokodingo dut grincer des dents, agiter sa chaîne, exécuter des bonds de plus en plus prodigieux pour éviter à ses mollets les caresses de la massue de l'Hercule. Sort cruel ! Honte ! Abomination ! Heureusement la couche de peinture noire, les colliers, les plumes, la chaîne, les grimaces, tout cela devait assurer son incognito et sauver sa dignité de citoyen blanc.

Mesdemoiselles, Mesdames et Messieurs !

Habitants de la ville de Dreux !

cria Turpinski d'une voix de stentor en arrêtant la caravane au premier carrefour.

– Avec la permission de Monsieur le maire, la célèbre troupe Turpinski qui a travaillé devant tous les souverains et gouvernements de l'Europe, aura l'honneur de donner quelques représentations dans votre belle cité !

« Outre les exercices de grâce, de force et d'adresse de la famille *Turpinski*, composée de *Turpinski le rempart du Nord*, de *madame Turpinska, la grande dame polonaise*, de mademoiselle *Friska Turpinska*, des jeunes *Turpinski*, du célèbre *Jocrisse*, du fameux *Peau-de-cuir, l'homme fauve de Marseille*, de la chienne *Zelma*, la rivale de *Munito* au jeu de dominos, de *Coco* le petit cochon savant dont les exercices charmeront toutes les dames, *Turpinski* ici présent (ici l'Hercule se cambra et fit sauter Dumollet par un coup de massue inattendu) présentera à l'admiration des habitants de la ville de Dreux le féroce *Mokodingo* (nouveau coup de massue, cliquetis de chaîne et grincements de dents), le nègre sauvage, féroce, anthropophage de l'Afrique du Sud, rapporté du cap de

Bonne-Espérance par l'illustre *Turpinski* (salut et coups de massue) et dompté par *Turpinski* lui-même !

« À trois heures de l'après-midi, grande représentation, exercices par toute la troupe, séance de férocité et enfin repas de *Mokodingo* à la manière des cannibales ! En avant la musique ! »

Au milieu des cris et des rires des spectateurs effrayés et émerveillés, Turpinski administra un dernier coup de massue aux mollets de Mokodingo et le fit aussitôt monter dans une voiture afin de réserver ses grincements de dents au public sérieux et payant de la représentation.

X

Dumollet et Coqueluchon émerveillent les populations, l'un sous le costume de prince anthropophage et l'autre en qualité de girafe.

Brillante assemblée dans la baraque installée en deux heures par les mains exercées de tous les artistes à deux pattes de la troupe Turpinski ! Places réservées à dix-huit sous, premières à douze sous, secondes à huit sous, troisièmes à quatre sous et quatrièmes à six liards : tout est bondé par messieurs les amateurs de la ville, avec leurs dames, leurs demoiselles et leurs petits garçons.

Les personnes de la ville qui ont eu la bonne fortune d'assister à l'entrée solennelle de la troupe Turpinski, ont répandu par toute la ville le bruit que le féroce Mokodingo, le nègre anthropophage, a failli dévorer une jeune fille à son passage devant les premières maisons du faubourg, et tout le monde veut voir le féroce Mokodingo.

– Inutile de nous fatiguer aujourd'hui, dit Turpinski le *Rempart du Nord à Peau-de-cuir, l'homme fauve de Marseille*, tout ce monde-là est venu pour Mokodingo.

Et les deux Hercules se contentent d'exécuter quelques tours de force pour ouvrir la séance, puis madame Turpinska, la princesse polonaise et la séduisante Friska apparaissent dans leurs atours de grande tenue ; madame Turpinska exécute un duo pour guitare et trombone avec le musicien au chapska gigantesque pendant que Friska danse sur la corde avec ou sans balancier. Les applaudissements éclatent, naturellement, la grâce de Friska et le talent de madame Turpinska sur la guitare ne manquent jamais d'enlever les auditoires les plus récalcitrants, mais on sent que l'intérêt n'est pas là, tout le monde attend le féroce Mokodingo.

Sur l'estrade, tout au fond du théâtre, un rideau se lève enfin, et l'on aperçoit l'anthropophage dans une cage à gros barreaux de fer. Il est très mal à l'aise, là-dedans, le pauvre Dumollet, la cage est étroite, et il lui faut selon les ordres de Turpinski, se démener comme un possédé, hurler et mordre les barreaux de sa cage.

La représentation continue avec Dumollet dans le fond. Sur le devant de l'estrade, les chiens savants dansent la polka, la chienne Zelma bat madame Turpinska aux dominos, puis le cochon savant est présenté à son tour à l'honorable assemblée.

Il est très intelligent, ce petit cochon ; madame Turpinska, la directrice de ses études, a réussi à lui inculquer des notions d'escrime suffisantes pour lui permettre de tenir son rang dans le monde sans se laisser marcher sur le pied. Armé d'un petit fleuret, il se bat en duel avec madame Turpinska et ne se laisse boutonner qu'après une belle défense. Amené ensuite à l'avant scène, il est interrogé par madame Turpinska, répond à certaines questions par des grognements intelligents et finit par indiquer la personne la plus langoureuse de la société, un militaire des quatrièmes qui devient subitement plus cramoisi que ses épaulettes.

Le tour de Dumollet est arrivé. Le *Rempart du Nord* reparait, une peau de bête jetée sur son énorme torse et la massue à la main. Turpinski salue gravement la société, fait le moulinet avec son arme et brusquement ouvre la cage de l'anthropophage.

Dumollet bondit comme un diable qui sort de sa boîte. Il se précipite sur le devant de l'estrade, traînant sa chaîne avec d'épouvantables grincements de dents, et en louchant horriblement.

Les dames des places réservées, des bourgeoises notables de la ville, poussent des cris de terreur, cinq ou six petits garçons et petites filles tombent en arrière comme des capucins de cartes, et le soldat des quatrièmes tire à demi son grand sabre du fourreau.

Mais Turpinski a fait tournoyer sa massue, il a saisi d'une main ferme le bout de la chaîne du nègre et il maintient solidement le redoutable anthropophage.

– À bas ! Mokodingo ! à bas ! crie-t-il d'une voix de tonnerre.

Mokodingo lancé en avant, presque suspendu au bout de la chaîne, avance ses griffes vers l'auditoire et pousse des hurlements.

– Mesdemoiselles, Mesdames et Messieurs, dit Turpinski en le faisant taire d'un coup de massue dans les mollets, ce terrible anthropophage a été capturé par moi l'année dernière dans les forêts vierges du Sud de l'Afrique, du côté du cap de Bonne-Espérance. Il était roi là-bas, au pays des Cafres féroces, et, méconnaissant les lois de l'hospitalité, il avait l'intention de me manger dans un grand dîner offert à tous les diplomates de sa cour... Mais que les personnes sensibles se rassurent, je n'ai pas consenti à me laisser mettre à la broche et, après une bataille terrible, je suis parvenu à m'emparer de sa personne. – Silence donc, Mokodingo ! – Moi seul, Turpinski dit le *Rempart du Nord*, j'ai réussi à le dompter... (cris et grincements de dents) mais il est encore si féroce que je suis obligé de le garder dans la cage de fer que vous voyez là-bas. – Bas les pattes, Mokodingo ! – Pendant mon absence, il y a trois jours, il s'est jeté sur un superbe serpent à sonnettes, magnifique ornement de ma collection et cadeau du sultan de Bornéo. Il l'a tué et dévoré en moins de dix minutes (mouvement de terreur parmi les dames) ; je lui ai pardonné, car ce serpent s'était échappé et venait d'avaler un bœuf dans la campagne (nouveau mouvement de terreur). Ne craignez rien, Mesdames, je tiens solidement Mokodingo... Admirez l'air féroce et abruti de mon pensionnaire, voyez comme il est laid... vous pouvez dire votre appréciation tout haut sans craindre de le mettre en fureur, il ne connaît pas le français ! Voyez comme il est laid, affreux, horrible, épouvantable ! – Silence, Mokodingo ! (coups de massue dans les jambes, grincements et hurlements). Mesdames, Messieurs, Mokodingo va nous donner un échantillon des danses de son pays, il nous montrera la manière de combattre des naturels, et ensuite, Mesdemoiselles, Mesdames, Messieurs, nous assisterons au repas de ce terrible cannibale.

« Comme il y a trois jours il a mangé 75 livres de serpent, tout cru, et sans ôter les écailles, ni les os, ni même la tête, il n'a pas très faim aujourd'hui et se contentera d'un lapin cru avec la peau tout entière !... allez, la musique ! »

Le lancier polonais emboucha son trombone et fit retentir la baraque d'un effroyable solo de cuivre. Et l'infortuné Dumollet, jeune homme paisible et de bonnes mœurs, fut obligé de danser une polka anthropophage horriblement fatigante, avec accompagnement de grincements de dents, de roulements d'yeux, de cliquetis de chaîne et de caresses de massue.

Enfin, au milieu des bravos de l'auditoire enthousiasmé, il reçut des mains de Jocrisse une peau de lapin artistement bourrée de foin, avec l'ordre de la manger au plus vite. Heureusement une saucisse était dissimulée dans le foin ; il la broya en affectant une gloutonnerie dégoûtante, mais il ne put parvenir à avaler le moindre fragment de peau.

– Voyez, Mesdames et Messieurs, dit Turpinski en lui arrachant le lapin et le jetant au loin, voyez la férocité de ce sauvage, il est furieux de ce que le lapin n'était pas vivant ! Allons, Mokodingo, salue la société, et à la cage ! houst, crrrr !!!

La représentation était terminée. L'assemblée s'écoula après d'éclatantes marques de satisfaction et Dumollet dans les coulisses fut accablé d'éloges par madame Turpinska.

Le succès obtenu par Mokodingo engagea la direction à donner trois autres représentations au cours desquelles Coqueluchon fut présenté aux habitants de Dreux comme une jeune girafe rapportée de Madagascar par le terrible Turpinski. Les spectateurs durent se contenter de l'entrevoir d'un peu loin. Madame Turpinska daigna leur expliquer que c'était dans leur intérêt, pour leur éviter les ruades et les morsures, la girafe Coquelucha ayant quelquefois des nerfs et regrettant trop amèrement les forêts vierges natales.

Après quatre journées d'art dramatique Dumollet eut enfin la satisfaction de voir lever le camp.

Un beau matin, au soleil levant, la troupe Turpinski se remit en route. Dumollet se permit alors de demander où l'on allait.

– Vous vous ennuyez donc avec nous déjà ! gros ingrat, fit madame Turpinska.

– Non, mais...

– Ou alliez-vous vous-même quand vous avez massacré notre serpent ?

– J'allais à Saint-Malo pour me marier.

– Comme ça se trouve, nous allons de ce côté-là aussi, nous nous dirigeons sur Nantes, ça ne vous fera qu'un petit détour et, pour vous obliger, nous vous conduirons ensuite jusqu'à Saint-Malo.

– Merci.

– Votre fiancée serait très flattée de vous voir en prince nègre, j'en suis certaine, je connais si bien le cœur des femmes.

– Mais il était entendu que je ne resterais que quelques jours, le temps de remettre votre serpent en état !

– Les avaries que vous avez faites sont tellement graves que je ne sais comment entamer mon raccommodage, restez avec nous, ça ne vous gêne pas puisque vous suivez la même route jusqu'à Rennes... À Rennes, si vous ne vous décidez pas à rester dans notre troupe, vous nous quitterez... vous n'êtes pas à plaindre, vous faites un voyage charmant et vous ne vous faites pas écorcher dans les auberges.

Dumollet baissa mélancoliquement la tête.

La caravane s'en allait à Verneuil ou elle devait donner deux représentations. En route Dumollet chemina pédestrement le plus près possible de son ami Coqueluchon, monté tantôt par mademoiselle Friska et tantôt par le lancier polonais. Quand on traversait des villages, il rentrait dans sa voiture pour sauvegarder sa dignité et se contentait de regarder le paysage par la petite fenêtre qui donnait de l'air à son compartiment.

Après Verneuil, la troupe Turpinski émerveilla la ville de Mortagne où le prince anthropophage Mokodingo fit fureur, puis Alençon où dans un faux mouvement, se croyant retenu par Turpinski, il tomba sur les places réservées au milieu de dames qui crurent leur dernier moment arrivé, puis Rebay, puis Mayenne, Laval, Vitré et enfin Rennes.

C'était la fête de Rennes. La troupe Turpinski devait rester 15 jours et donner une longue série de représentations, Dumollet ne pouvait songer à s'en aller avant le dernier soir, d'autant plus que tous les artistes étaient devenus ses amis, depuis mademoiselle Friska jusqu'à Zelma, la chienne aux dominos et le petit cochon savant. Madame Turpinski se montrait très maternelle pour lui, et même elle lui avait déjà raccommodé ses habits un peu fatigués par le voyage ; quant à Turpinski, le bon gros Hercule, c'était un vrai père ! Il appliquait ses coups de massue dans les mollets pendant les exercices de Mokodingo avec une telle douceur, que Dumollet ne pouvait que les recevoir avec reconnaissance. De plus Turpinski lui donnait des talents de société ; il lui apprenait l'escrime, le bâton, la boxe et le chausson ; il était si fort à l'épée, cet illustre Turpinski, qu'il se prétendait capable de remplacer, sous une averse, le parapluie par un fleuret et de parer toutes les gouttes d'eau avec le bout de son fleuret, sans en manquer une !

Le rêve de Turpinski était de rendre son élève assez fort sur le bâton pour ajouter aux exercices de Mokodingo l'attrait d'un combat à la massue entre dompteur et anthropophage, mais hélas, Dumollet faisait peu de progrès ! Il n'était pas jusqu'à Peau de Cuir, l'homme fauve de Marseille, qui ne fût devenu malgré son caractère taciturne l'ami de Dumollet et ami tellement intime qu'il lui avait déjà emprunté une quinzaine d'écus pour son tabac, et qu'il se faisait offrir deux ou trois fois par jour des rafraichissements spiritueux.

Un beau jour de la deuxième semaine à Rennes, Dumollet fut appelé en conférence par ses directeurs dans le salon roulant de madame Turpinska.

– Mon cher Narcisse ! dit madame Turpinska, vous avez vu le monsieur qui est venu nous parler après la représentation ?

– Oui, madame Turpinska.

– Ce monsieur vous a fort admiré tout à l'heure, mon ami, et il est venu nous proposer quelque chose.

– Quoi donc ?

– Vous allez voir...d'abord je dois vous dire que je suis très contente de vous...vous avez du talent, comme nègre, vraiment du talent ! Ce que c'est que la vocation. Vous aviez la vocation et vous ne vous en doutiez pas ! Remerciez-moi, mon ami, de vous avoir révélé votre vocation artistique !... Je suis donc très contente de vous, et pour vous le prouver, je vous diminue.

– Vous me diminuez ?

– Oui, vous ne me donnerez plus que vingt-cinq francs par mois... Pour en revenir au monsieur de tout à l'heure, il a une idée superbe !... Ce monsieur est un... Comment appelle-t-on cela, Turpinski ?

– Aé...dit Turpinski.

– Aéro...dit madame Turpinska.

– Naute ! acheva Turpinski.

– C'est cela, aéronaute ! Vous savez ce que c'est ? Un monsieur qui va se promener en ballon dans le ciel ! Un bel état, tout-à-fait ! Cet aé... ce monsieur enfin, a une idée. Vous savez que demain dimanche, pour terminer la fête, il y a une ascension de Montgolfière ou de ballon, si vous voulez...

– Oui, fit Dumollet qui frémit tout-à-coup.

– Ce monsieur pour donner plus d'attrait à son ascension, voudrait emmener avec lui, accroché sous la nacelle, notre zèbre Coqueluchon ; il désirait la girafe Coquelucha, mais nous lui avons fait entendre que la girafe ne ferait pas son affaire, elle est capricieuse et pourrait se mal conduire, tandis que nous répondons de la docilité de notre zèbre Coqueluchon.

– Je ne veux pas ! s'écria Dumollet, je connais Coqueluchon, il aura peur, sera malade, je ne veux pas le laisser monter en ballon !...

– Coqueluchon n'aura pas peur pour si peu... une simple petite excursion dans les nuages, une promenade délicieuse... d'ailleurs vous serez là pour lui faire entendre raison.

– Comment, je serai là ?

– Mais oui, puisque vous serez monté dessus !

– Moi ! gémit Dumollet, moi ! je monterais en ballon !

– Vous ne monterez pas en ballon, vous monterez sur Coqueluchon ce n'est pas la même chose... on vous attachera sous la nacelle et vous serez enlevé tout doucement, tout doucement...Ce sera charmant !

– Jamais ! Comment ! Je n'ai pas voulu prendre la diligence pour Saint-Malo par crainte de dégringolades et je monterais en ballon ! Jamais !

– D'abord vous n'irez pas en ballon jusqu'à Saint-Malo, je vous dis qu'il s'agit d'une simple promenade d'une heure. Vous redescendrez bien tranquillement pour le dîner. Ce sera superbe ! Quelle belle vue de là-haut !... Ah ! si je n'étais pas si lourde et si je n'avais pas le mal de mer... Et quel succès ! Du coup vous êtes célèbre, toute la Bretagne viendra voir le prince anthropophage Mokodingo enlevé sur son zèbre Coqueluchon par une Montgolfière !

– Je ne veux pas !

– Comment vous ne voulez pas ! s'écria Turpinski en foudroyant d'un regard terrible le pauvre Dumollet, et votre engagement ? Ça rentre dans votre engagement, ça, mon cher... un engagement verbal, mais très valable ! J'aurais dû vous faire signer. J'ai toujours trop de confiance, moi, et je me laisse flouer ! Si vous ne voulez pas, rendez-moi mon serpent !

– Il consentira, mon bon Turpin, calme toi, il consentira, fit madame Turpinska, d'ailleurs, tiens, je diminue encore ses appointements, il ne donnera plus rien par mois ! Rien par mois et nourri, couché, logé, noirci, éclairé, chauffé et instruit même ! C'est splendide !... Allons, n'en parlons plus, demain matin, cet aé... ce monsieur viendra pour les préparatifs et dans l'après-midi, nous nous promènerons dans les nuages.

XI

Évasion. – Le nez de Dumollet blanchit.

Le prince Mokodingo se montra très faible à la représentation de ce samedi soir. L'émotion lui ôtait un peu de ses moyens, il grimaçait lourdement et ne se démenait pas avec la férocité qu'on était en droit d'attendre d'un prince anthropophage, furieux d'être tenu dans les fers, et exhibé à des blancs très laids et à des blanches très gentilles, probablement très succulentes à manger.

Le bon Turpinski, sauf quelques petits coups de massue frottés moins délicatement qu'à l'ordinaire, ne lui fit même pas de reproches.

Dumollet s'alla coucher dans sa voiture, sur sa tablette d'armoire, mais il ne put s'endormir malgré tous ses efforts. Jocrisse et Peau de Cuir, le lancier polonais, le cochon savant, les canards et les lapins dormaient et ronflaient à l'unisson, mais l'infortuné Mokodingo, plié en trois morceaux comme à l'ordinaire, ne pouvait fermer l'œil ; la promenade poétique, mais désagréable, dans les nuages en compagnie de Coqueluchon et de l'aéronaute, ne lui sortait pas de l'esprit et cette perspective lui faisait d'avance dresser les cheveux sur sa tête d'anthropophage impressionnable.

Ô fatalité ! ô destin cruel ! Après la noce Cloquebert, le sous-préfet Corniflet de Sainte-Amaranthe, la nuit passée au bal, la contre-basse, le réverbère, la fuite, la chute dans la rivière, la diète à l'auberge du *Cheval-Rouge*, puis serpent à sonnettes et l'entrée dans la troupe Turpinski. Et maintenant cette destinée, implacablement cruelle, allait l'entraîner dans les nuages à des hauteurs impossibles !...

Et tout cela pour avoir dédaigné les diligences Lafitte et Caillard, tout cela par crainte des dégringolades, tout cela par la faute de mademoiselle Estelle !

Dumollet se tournait et se retournait sur sa tablette. Minuit vint, puis une heure, puis deux, trois et quatre ; les heures sonnant aux clochers de la ville lui rappelèrent que dans cette journée de dimanche, il allait les fréquenter de très près, ces hauts clochers, et peut-être se faire embrocher avec Coqueluchon par leurs girouettes. À quatre heures, son voisin le musicien se réveilla, et comme il était très vertueux, il salua l'aurore en se mettant à étudier en sourdine un air nouveau apporté par l'aéronaute et destiné à égayer le départ de la Montgolfière.

L'infortuné Mokodingo le reconnut, cet air joyeux était celui qu'avaient improvisé ses bons amis de Paris en lui faisant la conduite.

Bon voyage, monsieur Dumollet !

Dumollet se leva brusquement.

– Eh bien non, je ne monterai pas en ballon, dit-il, je vais me sauver...cette musique composée par mes amis m'en donne le conseil. Voilà le petit jour, on ne m'entendra pas au milieu des premiers bruits du réveil.

Dumollet s'habilla rapidement et ouvrit avec les plus grandes précautions la petite fenêtre éclairant son compartiment. Abandonnant son bagage et ne prenant que la miniature d'Estelle, il se laissa glisser doucement par l'étroite ouverture et tomba sur l'herbe.

Il était maintenant dans les coulisses de la baraque, fermées par de grandes toiles sur lesquelles, à l'extérieur, étaient peintes des choses formidables ou gracieuses, des combats de tigres et de serpents à sonnettes, des Hercules jonglant avec des canons, et des danseuses en jupes roses d'une grâce exquise. Coqueluchon dormait là fraternellement, allongé parmi les chevaux de la troupe Turpinski.

– Et je sauverai Coqueluchon du sort cruel qui le menace, lui aussi ! pensa Dumollet.

Les chiens savants qui couchaient là aussi s'étaient réveillés, mais reconnaissant leur camarade Mokodingo, ils ne bougeaient pas ; seul Coqueluchon quand son maître s'approcha, témoigna son contentement par des vocalises capables de réveiller les Turpinski.

– Vite ! vite ! dit Dumollet en tirant Coqueluchon par la bride, tu n'iras pas en ballon !...sauvons-nous !

Avec son canif, il réussit à découdre un coin des toiles et à passer par l'ouverture ; il tira ensuite Coqueluchon vocalisant toujours. Zelma la chienne savante, voyant le passage ouvert, sauta en aboyant dans les jambes de Coqueluchon et fit mine de vouloir accompagner les évadés, Dumollet effrayé la rejeta dans l'enceinte et se mit à courir en tirant sur la bride de Coqueluchon.

Dumollet sortit de la ville le plus vite possible ; aussitôt hors des maisons, il arrangea la selle de Coqueluchon et partit au hasard dans la campagne, en se demandant s'il devait retourner vers Paris et renoncer à tout jamais au mariage ou marcher sur Saint-Malo. Saint-Malo étant plus près, il se décida pour cette ville et pour Estelle.

L'ingrat Coqueluchon, si courageusement sauvé par son ami, protestait souvent contre la rapidité d'allures que Dumollet prétendait lui imposer. Il regrettait la baraque Turpinski et peut-être les applaudissements qui le saluaient lorsque, grimé en girafe, il paraissait devant les spectateurs émerveillés.

Dumollet, le cœur frémissant, dut en passant près d'un petit bois, cueillir une baguette pour encourager son compagnon à la marche. Le soleil brillait maintenant d'un vif éclat, on rencontrait heureusement peu de monde, à cause du dimanche, les gens restant au village pour la messe, mais les quelques paysans croisés sur le chemin considéraient avec un étonnement inquiétant cet homme si noir monté sur un zèbre, car coqueluchon avait conservé aussi sa peinture.

Les deux artistes évadés firent ainsi quelques lieues. Dumollet commençait à respirer, les Turpinski étaient loin ; après avoir fait quelques provisions dans un village, il entra dans un bois et passa le reste de la journée au repos complet et à l'abri du danger. Ce qui l'ennuyait surtout, c'était de ne pouvoir se débarrasser de sa peinture, mais son camarade Jocrisse le lui avait dit en le passant au noir, il fallait pour le blanchir un fort lessivage au savon et à la potasse.

Au coucher du soleil, Dumollet et Coqueluchon bien reposés firent encore une lieue ou deux, puis l'obscurité étant tout à fait venue, Dumollet se décida au premier village à demander l'hospitalité pour la nuit dans une auberge.

Il tombait mal, la femme de l'aubergiste par malheur, était allée à Rennes le dimanche précédent et elle avait pour ses six sous, assisté aux merveilleux exercices de la troupe Turpinski ; le prince anthropophage Mokodingo ayant fait impression sur son esprit, elle le reconnut tout de suite et faillit tomber à la renverse de frayeur en le voyant devant elle dans sa cuisine.

– Ne me faites pas de mal ! cria-t-elle, en s'armant d'une énorme écumoire, ne me touchez pas, monsieur Mokodingo !

– Ne craignez rien, madame, dit Dumollet en prenant ses plus élégantes manières, je ne suis pas ce que vous croyez ! Un concours de circonstances...

– Vous parlez chrétien, dit la bonne femme à demi-rassurée, c'est pourtant vous que j'ai vu dimanche dernier grincer des dents et manger un lapin vivant !

– Le malheur m'avait jeté entre les mains des Turpinski, j'en suis sorti et je rentre dans la société, je ne suis pas anthropophage, madame, je suis un jeune homme tranquille, je suis de Paris et je vais à Saint-Malo pour me marier... tout ce que je désire, c'est un lit pour moi et un peu de paille pour Coqueluchon.

La bonne femme alla conférer avec son mari, et en considération de la douceur de Dumollet, consentit à le recevoir.

Les deux voyageurs passèrent une bonne nuit ; par précaution, dès le petit jour, ils se remirent en route après avoir soldé leur dépense.

Mais la malchance n'abandonnait pas notre ami. Vers huit heures du matin, le ciel se brouilla et la pluie se mit à tomber. La petite pluie se changea peu à peu en averse et l'averse en tempête. Amère infortune ! Dumollet avait oublié son parapluie chez les Turpinski !

La tête basse, les deux malheureux cheminaient tristement poussés par la bourrasque et fouettés par une pluie torrentielle, essayant malgré le déchaînement des éléments d'atteindre Dinan.

Dumollet s'aperçut bientôt que la pluie agissait sur sa peinture, il déteignait, ses mains étaient un peu moins noires et en avant de sa figure un point blanc paraissait qui le faisait un peu loucher. C'était son nez, blanchi au bout par averse. Malheureusement la pluie ne suffisait pas, elle blanchissait légèrement mais n'enlevait pas toute la couleur. Dumollet n'avait plus la noirceur intense de Mokodingo mais il était encore trop nègre. Il fallait du savon et pour avoir du savon, il fallait atteindre Dinan !

Vers dix heures du matin, la pluie cessa tout d'un coup, le ciel se dégagea, les gros nuages filèrent rapidement vers l'est et le soleil reparut. En une demie heure Dumollet fut sec et à peu près convenable, à part la couleur, pour rentrer dans la ville de Dinan, dont les clochers se profilaient à l'horizon parmi de gros bouquets d'arbres, en haut d'une colline couronnée de tours et escaladée par plusieurs files de maisons à grands pignons qui semblaient monter à l'assaut en bon ordre, des bords pittoresques de la Rance illustrée par M. de Chateaubriand, aux remparts jadis si bien défendus par le grand Du Guesclin.

C'était la dernière étape avant Saint-Malo. Dumollet sentit son cœur bondir de joie, il touchait au port. Estelle n'était plus loin.

Et il entra d'un pas allègre dans la ville, en tirant Coqueluchon fatigué par la bride. Son plan était simple, il se faufilait dans les petites rues pour ne pas se faire remarquer, cherchait un épicier, achetait du savon et de la potasse, allait à l'auberge, se débarbouillait, dînait et repartait dans l'après-midi pour Saint-Malo.

Maintenant il se croyait à l'abri de tout péril et certain d'arriver. Encore quatre petites lieues à parcourir et il se jetait aux pieds d'Estelle !

XII

Dumollet apprend avec stupeur qu'il a été gelé à la Bérézina !

Cependant les gamins, et même les grandes personnes, semblaient considérer Dumollet avec étonnement. Il devait avoir une étrange mine avec sa perruque blonde, son visage noir et son nez blanc ! Dumollet se sentant l'objet de la curiosité des habitants de Dinan remonta sa cravate et baissa sa tête dans son col. Il avait déjà rencontré deux ou trois paquets de chandelles de bois à côté de pains de sucre également en bois, se balançant au vent au dessus de petites boutiques d'épicier, mais il n'avait pas osé entrer. Les boutiquiers voyant ses hésitations et ses allures inquiètes, se mettaient sur le pas des portes et hochaient la tête.

Dumollet fit ainsi le tour de la ville, enfin sur une grande place d'apparence tranquille, il se décida et toujours tenant la bride de Coqueluchon, il passa la tête dans la boutique pour demander du savon.

L'épicière qui dormait dans son comptoir avec un caniche sur ses genoux fit un bond de terreur à la vue de cette tête noire et le caniche se mit à pousser des aboiements furibonds. Au même instant les gamins accrochés aux trousses de Dumollet depuis son entrée dans la ville, se rapprochèrent pour toucher à cet animal inconnu, à cette espèce d'âne si bizarrement rayé de blanc.

Dumollet perdit la tête et sortant précipitamment de l'épicerie, il tenta d'entraîner Coqueluchon. Un nouveau personnage allait entrer en scène. L'autorité, représentée par un gendarme fortement botté et moustachu, intriguée depuis un instant par les allures de Dumollet, traversa la place en quelques grandes enjambées, dispersa la troupe de gamins et saisit Coqueluchon par la bride.

– Un instant ! dit le gendarme d'une voix grave qui semblait sortir de ses bottes, qui êtes-vous et que faites-vous ici, s'il vous plaît ?

– Je... je voulais acheter... balbutia Dumollet, quelque chose...

– Taisez-vous !...Et répondez ! qu'est-ce que vous faites ici avec votre figure noire ?

– C'est bien simple, brigadier, j'allais me marier...

– N'essayez pas d'oblitérer la vérité ! Dans quel but venez-vous révolutionner une ville tranquille et des habitants honorables et superlatifs par votre physique que je qualifierai de saugrenu ?

– Comme j'avais l'honneur de vous le dire, maréchal de logis, pour me marier à Saint-Malo !

– Vous venez pour vous marier à Saint-Malo et vous vous livrez à des allures suspectes dans la ville de Dinan ! Vous voyez bien qu'il y a du louche dans votre affaire ! Et d'abord, si vous êtes nègre, pourquoi avez-vous le nez blanc ?

– Je vais vous expliquer, ce sont mes malheurs...Je ne suis pas nègre, je suis blanc comme vous !

– Pas de comparaisons insidieuses, taisez-vous et répondez ! Si vous êtes blanc, pourquoi êtes-vous noir ? Vous ne pouvez pas dire ?... Bon ! le juge d'instruction éclaircira ça, je vous arrête !

– Moi ! s'écria Dumollet, m'arrêter parce que je voulais acheter du savon ?

– Vos papiers alors ! avez-vous des papiers ?

Le pauvre Dumollet fouillait dans toutes ses poches, les tournant et retournant l'une après l'autre, cherchant en vain son passeport qu'il avait oublié chez les Turpinski, lorsqu'un nouvel incident se produisit. On entendit le tambour dans la grande rue et les gamins s'envolèrent pour courir au devant d'un régiment d'infanterie qui s'avançait, sapeurs et tambour-major en tête.

Dumollet tourna la tête et jeta un coup d'œil lamentable vers les guerriers à épaulettes rouges. Le gendarme fit un geste d'impatience et tira sur la bride de Coqueluchon.

– Et puisque vous n'avez pas de papiers ni l'un ni l'autre, dit-il d'une voix terrible, et que vous êtes en état de vagabondage avec cet animal légalement saugrenu que je ne connais pas, bien qu'il ressemble à un baudet, je vous arrête tous les deux.

Le régiment arrivé sur la place formait les faisceaux pour prendre une heure de repos. Le tambour-major la canne sous le bras, le plumet de son bonnet à poil frôlant les grandes enseignes des commerçants, les bas des bonnetiers, les chapeaux rouges des chapeliers, les pains de sucre des épiciers, vint lentement jusqu'au groupe au milieu duquel se débattait Dumollet.

– Je vous arrête tous les deux ! répétait le gendarme.

– Nom d'une botte ! s'écria tout à coup le tambour-major d'une voix tonnante en avançant son bonnet à poil par-dessus les têtes des bourgeois, nom d'une canne !

– Eh bien ? fit le gendarme.

– Mais c'est mon ami Coglou !... mon ami Coglou que je croyais gelé à la Bérézina !...

Une rumeur se fit dans la foule entourée en une minute par tous les sapeurs et tambours du régiment.

– Que je l'arrêtais parce qu'il n'a pas de papiers, dit le gendarme déjà radouci.

– C'est lui ! Je le reconnais bien, dit le tambour-major, me reconnais-tu, mon vieux camarade ?

Dumollet considérait le major avec des yeux ahuris.

– Si vous vous reconnaissez, c'est différent, dit le gendarme, il m'avait un peu l'air saugrenu, mais tout bien considéré, il ne paraît pas méchant.

– Si je le reconnais. Mais c'est mon vieux Mahomet Coglou, je vous dis, timbalier aux mamelucks de la garde, sous l'autre... Je le croyais gelé en Russie et je le retrouve ! Quelle chance, nom d'une botte, quelle chance !... Mon pauvre Mahomet, tu n'as donc pas été tout à fait gelé ?... il n'y a que ton nez qui en tient... ça commençait toujours par là, je me rappelle... ça te l'a blanchi, mais vrai, ça ne te va pas mal... Embrassons-nous, mon Vieux Coglou !

Dumollet restait toujours immobile, cloué au sol par la stupéfaction. Le tambour-major se baissa et le serra énergiquement contre ses moustaches et son bonnet à poil.

– Mais, reprit le major après l'embrassade, comment n'as-tu pas donné de tes nouvelles ?... Je suis bête, tu ne sais pas écrire autrement qu'en Turc ! Tu étais prisonnier des Cosaques et tu reviens à présent seulement !... Il en arrive encore de temps en temps du fin fond de la Sibérie... tu nous conteras ça !... Mais quand je t'ai quitté, mon vieux Mahomet, tu étais gelé, tout à fait gelé, je t'assure, à notre campement sur la neige, devant la Bérézina, sans quoi tu penses bien que je ne t'aurais pas laissé... faut croire que tu avais la vie dure, puisque ton nez seul a souffert !...

– Allons, dit le gendarme, puisque votre ami est un ancien de la vieille du temps de l'autre. Suffit, pas besoin de papiers avec moi, ex-carabinier de l'ex-garde !

– Brigadier, dit le major, c'est vous qui m'avez fait retrouver mon ami, vous allez prendre avec nous quelques bonnes bouteilles, le régiment prend un repos d'une heure avant de filer sur Saint-Malo.

– Saint-Malo ! dit Dumollet, j'y vais aussi.

– Je pense bien que tu ne vas pas quitter comme ça ton vieil ami...si tu veux reprendre du service, tu sais, il y aura place pour toi dans notre musique.

– Je...nous verrons, fit Dumollet embarrassé.

Sur la grande place, au cabaret du *Soleil d'Or*, douze tambours, six sapeurs, le tambour-major et le gendarme se rangèrent en cercle autour de Dumollet flanqué d'une quinzaine de flacons d'un joli petit vin de richard à quatre sous la bouteille cachetée. Regardé la bouche béante par les douze tapins, tous des recrues de vingt ans ou des vieux qui avaient battu la caisse dans tous les coins de l'Europe, considéré avec gravité par les sapeurs, avec intérêt par le gendarme, Dumollet fut sommé par son ami de dire de quelle façon miraculeuse il avait survécu à la congélation sur les bords de la Bérézina et de raconter ses aventures subséquentes au pays des Cosaques.

Dumollet embarrassé restait muet, la bouche ouverte.

– Voyons, nous t'écoutons ! fit le tambour-major, il y a donc des lacunes dans tes idées, nom d'un bonnet à poil !

– L'intelligence oblitérée par la gelée, dit le gendarme en portant la main à son front, ça m'avait déjà paru tout à l'heure...

– Tu sais comment je m'appelle ? Zéphyrin Montauciel. Bon ! tu t'en souviens...te rappelles-tu notre entrée à Moscou ?

– Oui, dit Dumollet, le Kremlin, l'incendie, je vois ça d'ici !

– Bon ! ça te revient ! Et te rappelles-tu ce que j'ai fait à l'incendie de Moscou ?

Dumollet se gratta le front.

– Tu ne t'en souviens pas ! il y a des lacunes, nom d'un plumet ! il y a des lacunes ! Comment, tu ne te souviens pas ? Curieux ! Étonnant par exemple. Eh bien, j'ai sauvé ta femme, mon vieux, j'ai sauvé la vivandière des Mamelucks.

– Ma femme ! s'écria Dumollet.

– Mais oui, voyons, une brune de Marseille, un peu forte, mais plus forte maintenant, que tu avais épousée en revenant d'Égypte, que je fus ton garçon d'honneur ! y es-tu maintenant ?

– Oui ! oui ! je me rappelle maintenant ! dit Dumollet pour ne pas réveiller les soupçons du gendarme.

– Te souviens-tu de notre dernier bivouac, dans la neige, devant la Bérézina, à cinq cents mètres des ponts de bateaux ?

– Oui ! oui ! près des ponts de bateaux...»

– Et de l'attaque des Cosaques pendant la nuit ? Que j'ai paré avec ma canne un coup de lance qui allait t'embrocher et comme tu n'étais pas encore gelé, que tu as descendu le Cosaque d'un coup de fusil ? Je le vois encore moi, ce Cosaque, un vieux avec de longues moustaches pleines de glaçons !

– Ça me revient, fit Dumollet.

– Et après les Cosaques, mon pauvre Mahomet, tu t'es endormi et le matin, mille pompons ! tu étais raide comme un morceau de bois, je t'ai frotté, je t'assure que je t'ai frotté en ami ! Mais je t'en moque, un glaçon de mameluck ! Je t'ai laissé, un ami gelé n'est plus bon à grand-chose !... Voilà ! Et après, comment t'es-tu dégelé ?

– Je n'en sais rien, dit Dumollet.

– Oblitéré ! oblitéré, fit le gendarme, il y a sans doute un peu de cervelle qui est restée prise.

– Enfin te voilà revenu, il y avait tout de même de bons garçons chez ces Cosaques puisqu'ils t'ont dégelé ! Mais parlons de tes affaires de famille... es-tu calme, nom d'une botte ! Calme ! Ferme ! Solide ! Capable de résister aux coups de canon de l'émotion ?

– Oui...

– Bon, tu es calme ! Tiens-toi bien ! Ta femme, tu te remémores, de Marseille, une brune, celle que j'ai sauvée à Moscou, ton épouse légitime, ta veuve, enfin !

– Oui...

– Tiens-toi bien ! Elle est ici, avec nous, mon vieux, c'est notre cantinière...Madame Mahomet, vivandière au 1er bataillon du 45e de ligne !

– Ah !!!

Les tambours faillirent tomber de leurs chaises renversés par l'émotion, les sapeurs ouvrirent de larges entonnoirs dans les broussailles de leur barbe, le gendarme essuya une larme. Quant à Dumollet il resta calme, rien ne pouvait plus l'étonner.

– Je vais chercher ta veuve, dit le major quand les tambours eurent repris leur assiette, pour la jeter dans tes bras !

– Non ! s'écria Dumollet, je craindrais pour elle une émotion trop forte... Non, plus tard, à Saint-Malo, je me ferai reconnaître.

– Allons, fit le major en soldant la dépense, voilà le moment du départ ! À Saint-Malo donc, et demain, avec quelques précautions, je dirai tout à ta veuve !

Les sapeurs reprirent leurs haches, les tapins rattachèrent leurs caisses. Sur la place les faisceaux étaient rompus et les soldats s'alignaient.

– Allons, Tapins ! dit le major en lançant sa canne en l'air, rra !!!

Un roulement retentit. Les officiers commandèrent un « en avant marche » et le bataillon défila par la grande rue dans la direction de la route de Saint-Malo.

Dumollet emboîta le pas aux troupiers entre les sapeurs et les tapins.

Seul, le gendarme demeura pensif et murmura en mordillant sa moustache :

– Que ce particulier qui allait se marier à Saint-Malo, va se trouver dans les désagréments, il a retrouvé sa veuve, il ne peut plus épouser celle de Saint-Malo... Que je n'ai rien dit par délicatesse, mais que le voilà jusqu'au cou dans les désagréments matrimoniaux et sentimentaux !

XIII

Saint-Malo ! Le tambour-major Zéphyrin Montauciel a l'honneur de vous faire part de son mariage avec mademoiselle Estelle Valsuzon

Quand on fut hors de la ville, le colonel ayant commandé : « *arme à volonté* », les soldats marchèrent à leur fantaisie sur les deux côtés de la route, en chantant les vieilles chansons de marche.

Le tambour-major mit sa canne sous son bras et prit le bras de son ami pour causer.

– Mon vieux Mahomet, je ne t'ai pas glissé tout à l'heure, vu la délicatesse de la chose, la confidence de certains projets agréables, mais tu sais que je compte sur toi.

– Sur moi ? fit Dumollet étonné.

– Tu sais ce que j'ai été pour toi ?

– Quand j'étais gelé à la Bérézina ?

– Non avant la gelée, à Marseille !

– À Marseille. Quoi donc ?

– Oui, c'est vrai, j'oubliais le morceau de cervelle gelé à la Bérézina...j'ai été ton garçon d'honneur, tu sais bien, quand tu as épousé Madame Mahomet ! Eh bien, mon ami, j'ai été le tien, je veux que tu sois le mien, nom d'une botte ! Je vais me marier à Saint-Malo, une demoiselle charmante je ne te dis que ça, bon parti, physique aimable...

Dumollet allait dire moi aussi, mais il se retint à cause de sa veuve.

– Oui, mon cher Mahomet ! Quand nous étions en garnison à Saint-Brieuc, j'ai été quelquefois chez des amis à Saint-Malo, j'ai été présenté à la demoiselle, j'ai plu, naturellement, elle m'a plu *idem* et maintenant que nous allons tenir garnison à Saint-Malo, je vole avec elle au pied des autels, comme dit la romance !

Les quatre lieues entre Dinan et Saint-Malo se firent très tranquillement, Dumollet sentait à chaque pas qu'il faisait en avant, son cœur se dilater de joie. Enfin, ses malheurs étaient terminés, il approchait du terme de son voyage, encore quelques quarts d'heure de route et il allait pouvoir se jeter aux pieds d'Estelle !

Plus de périls maintenant ! Quels dangers pouvaient l'atteindre au milieu de l'armée française, dans les rangs d'un superbe bataillon de grenadiers, à côté de ce brave Zéphyrin Montauciel qui le prenait pour un vieil ami ! Seul Coqueluchon se faisait un peu tirer l'oreille ; comme Dumollet marchait en avant avec son ami, un sapeur l'avait tranquillement enfourché.

Zéphyrin parlait beaucoup, il racontait un tas d'événements passés auxquels Mahomet, le timbalier des Mamelucks, avait été mêlé : batailles, charges de cavalerie, escalades, sacs de ville, maraudes, etc. etc. Car ç'avait été un homme terrible que ce Mahomet, avant la Bérézina, bien entendu !

Dumollet sentait tous les crins de sa perruque se hérisser d'effroi au récit des hauts faits que le brave major lui attribuait, à lui, homme tranquille par vocation ! trente-cinq batailles rangées ! Cinquante menus combats ! dix-huit sièges ! douze prises d'assaut avec pillage et tout ce qui s'ensuit... le major trouva le moyen de lui raconter tout cela en quatre petites lieues, avec des quantités de détails aussi terrifiants que circonstanciés sur la part que Dumollet y avait prise en qualité de Mameluck.

En avait-il vu, ce Mahomet, des Pyramides à la Bérézina, et surtout en avait-il fait !

Dumollet frissonnant, baissait la tête ; il ne se souvenait pas, il l'avouait humblement. Les sapeurs pensaient que c'était modestie pure et le contemplaient avec admiration du fond de leurs bonnets à poils, les tambours se taisaient ébahis, quant à Zéphyrin Montauciel, il mettait cet étonnant défaut de mémoire sur le compte de la cervelle si malencontreusement gelée sur les bords de la terrible Bérézina.

Peu à peu les derniers rubans de chemin s'achevèrent, le régiment avec Dumollet toujours à sa tête, ondula parmi les arbres sur les hauteurs de Saint-Servan, et les tours de Saint-Malo apparurent à peu de distance, rattachées à la terre ferme par une étroite bande de sable jaune hérissée de moulins à vent et semée de rochers sur lesquels les lames de la mer bleue déferlaient doucement et mollement sous le beau soleil, avec une grâce toute méditerranéenne.

Dumollet monta sur un bloc et salua dans un transport de joie le pays d'Estelle.

Ouf ! Enfin ! Merci, mon Dieu ! Il était arrivé, plus de périls, plus d'aventures !

Sur un signe du colonel, Zéphyrin Montauciel brandit sa canne, les sapeurs reprirent leur gravité, les tapins firent entendre un rrra-fla énergique et le régiment reforma les rangs pour faire une entrée solennelle dans sa nouvelle garnison.

Aux premières maisons, Dumollet très astucieux, chercha à s'éclipser pour courir se débarrasser de la peinture noire des

Turpinski, mais son ami le tambour-major ne l'entendait pas ainsi.

– À la caserne, lui dit-il en le faisant marcher en avant, je suis libre tout de suite et je t'emmène.

Dumollet campé sur Coqueluchon devant la porte du château d'Anne de Bretagne, laissa passer le régiment ; sapeurs, tapins, grenadiers, voltigeurs et fusiliers s'engouffrèrent dans les vieux bâtiments, puis à la queue de la colonne parurent les voitures des vivandiers.

Dumollet, avec une émotion dont il ne put se défendre, lut sur la bâche d'une des voitures le nom de sa fausse veuve « *madame Mahomet vivandière au 45e de ligne, 1er bataillon* ».

Madame Mahomet, à ce qu'il lui sembla, le regarda longuement. Peut-être allait-elle le reconnaître aussi ! Dumollet qui n'avait pu s'en aller à cause de la foule rassemblée pour le régiment, fit tourner la tête à Coqueluchon pour fuir au plus vite cette nouvelle complication. Mais un bras l'arrêta par derrière, c'était Zéphyrin Montauciel qui ayant remis sa canne au caporal tambour, laissait le régiment s'installer.

– Je ne te quitte pas, mon Vieux Mahomet, dit le major, et je vais te présenter des maintenant à ma future... pas accéléré en avant marche, c'est à deux pas !

– Mais...je voudrais me débarbouiller, dit Dumollet.

– Pour quoi faire ?...C'est superflu pour un nègre !

Dumollet entraîné ne put résister. Tout ce que permit le major, ce fut un petit arrêt dans une auberge pour mettre Coqueluchon à l'écurie. D'ailleurs la fiancée du major demeurait réellement à deux pas du château, dans une de ces rues étroites aux vieilles maisons de granit noir, bâties par les corsaires malouins avec leurs parts de prise. Le major poussa Dumollet dans une allée et lui fit gravir un escalier. Au premier étage

Zéphyrin Montauciel sonna sans laisser à Dumollet le temps de respirer.

La porte s'ouvrit aussitôt. Sans doute on avait aperçu le plumet du major qui dans la rue se balançait au niveau des fenêtres du premier étage.

– Eh bonjour, major ! fit la personne qui avait ouvert la porte.

– Bonjour ! Monsieur Zéphyrin ! dit une charmante demoiselle en robe giroflée, coiffée à la Chinoise, la figure encadrée dans une collerette à trois rangs de tuyaux.

– Je viens sans perdre une minute, dit le major, déposer aux pieds de ma charmante future, mes plus respectueux hommages ! Je me suis permis d'amener un ancien frère d'armes, un vieil ami gelé en Russie, pour vous présenter tout de suite celui qui sera mon garçon d'honneur pour la douce cérémonie !...Monsieur Valsuzon, mademoiselle Estelle, je vous présente mon ami Mahomet Coglou, ex-timbalier aux ex-mamelucks de l'ex-garde, gelé à la Bérézina et dégelé depuis, bien entendu !

– Touchez-la, monsieur, dit Monsieur Valsuzon en tendant la main à Dumollet, j'aime les guerriers, j'aime les...

Mais Dumollet venait subitement de fléchir sur ses jambes et cherchait un siège quelconque pour le recevoir.

– Ah !...oh !...ah...faisait-il, oh ! ah ! oh !

– Faites pas attention, dit le major, il a des absences, la cervelle n'a pas dégelé tout à fait.

– Monsieur Valsuzon ! répéta Dumollet, mon cousin ! mademoiselle Estelle ! ma cousine !

– Hein ? plaît-il ? nous n'avons pas l'honneur... firent la future du tambour-major et son respectable père.

– Voyons, reprit Dumollet, vous êtes bien Monsieur Valsuzon ?

– Oui.

– Monsieur Valsuzon, ancien bonnetier ?

– Oui, répondit l'habitant de Saint-Malo.

– C'est bien ça, je suis votre cousin Dumollet ! Je suis votre fiancé, Mademoiselle Estelle !

– Que voulez-vous dire ? s'écria Valsuzon.

– Faites pas attention répéta le major, c'est la cervelle, ça reviendra !... Voyons, Mahomet, tu confonds, mon vieil ami, le fiancé c'est moi, Zéphyrin Montauciel, d'ailleurs tu as la veuve !

– Je ne suis pas Mahomet ! cria l'infortuné Dumollet je ne suis pas Coglou ! Je suis Dumollet, le cousin de M. Valsuzon et le véritable fiancé de mademoiselle Estelle !

– Quelle horreur ! s'écria Estelle retrouvant la parole, moi, fiancée à un nègre !... Jamais ! vous êtes fou, monsieur !... Mon père a eu certains projets, je ne dis pas, avant de connaître M. Zéphyrin, mais jamais il n'a songé à me marier à un nègre !

– Saperlipopette ! cria M. Valsuzon, je ne vous connais pas, je n'ai pas de cousin nègre !

La pauvre Estelle parut frappée par une idée subite, elle poussa un cri et courut ouvrir un tiroir de commode. Rapidement elle chiffonna des flots de rubans, bouleversa quelques papiers et tira d'un petit portefeuille un papier sur lequel se dessinait bizarrement un bonhomme tout noir.

– C'est lui, papa, gémit Estelle, tenez, voici le portrait de notre cousin en silhouette... c'est très ressemblant mais il n'avait pas dit qu'il était nègre. Dans tous les cas, je n'en veux pas !

– Je suis votre cousin et je ne suis pas nègre. Tenez, voici la miniature de ma cousine Estelle, vous voyez bien que je suis Dumollet, et, attendez, donnez moi un peu d'eau et du savon !

Mademoiselle Estelle devenue rouge comme une pivoine, cherchait à son tour un siège pour s'y laisser choir, Dumollet ayant aperçu la porte de la cuisine, se précipita vers la fontaine, saisit un morceau de savon, et se trempa la tête dans un seau d'eau.

– Tenez ! fit-il en revenant à moitié débarbouillé avec un côté noir et un côté gris, vous voyez bien que je suis Dumollet et pas nègre du tout !

– Mille bonnets à poil ! rugit le tambour-major, mais alors, pékin, si tu n'es pas nègre, tu n'es pas mon ami Mahomet Coglou, ex-mameluck et gelé en Russie !... tu m'as filouté mon amitié et tu veux me filouter ma fiancée !... Comment, mais à l'heure qu'il est on vient d'avertir ton ex-veuve que tu étais dégelé et ce n'est pas toi ! Elle va en mourir de chagrin à son tour... C'est une insulte à l'armée et je vais t'apprendre à te faire passer pour un ancien de l'ex-garde !

– Je ne me suis pas fait passer, c'est vous, major, qui... je venais tranquillement à Saint-Malo pour me marier.

– Comme cela, déguisé en nègre, en ex-mameluck !

– Je vous assure...

– Écoutez major, dit M. Valsuzon, il y a eu, il est vrai, l'autre année, certains pourparlers pour un mariage entre mon cousin Dumollet et ma fille Estelle, mais c'est rompu depuis longtemps, il y a plus de six mois qu'il n'en est plus question.

– Mais, fit Dumollet, je vous avais écrit que je viendrais au printemps...

– Mossieu ! il est trop tard, ma fille est promise au brave major Zéphyrin Montauciel et la noce aura lieu dans trois semaines...

– Certainement ! dit Estelle en jetant un regard d'admiration sur le major.

– Je m'y oppose, s'écria Dumollet, comment ! je serais venu à travers mille dangers jusqu'à Saint-Malo et...

– Halte-là, dit Zéphyrin Montauciel en saisissant le bras de son ex-ami, on ne se moque pas de Zéphyrin Montauciel, vous avez abusé de quelques traits de ressemblance avec mon pauvre Mahomet Coglou pour vous immiscer dans ma confiance et dans mon amitié, vous avez voulu me faire croire que vous aviez été à la Bérézina, que vous aviez été gelé et que finalement vous étiez dégelé ! Vous me prenez donc pour un imbécile, pour un oison, pour un bourgeois ? Cela ne se passera pas ainsi, monsieur le mal noirci, vous allez immédiatement me rendre raison de l'injure...nous allons nous battre, nous allons prendre des briquets à la caserne et nous rendre sur le pré... quand l'honneur sera satisfait nous verrons, peut-être quand nous nous serons expliqués, serez-vous encore mon garçon d'honneur ! allons, en avant marche ! À tout à l'heure, monsieur Valsuzon, mademoiselle Estelle, tous mes respects !

Dumollet ne pouvait songer à résister ; le major avait la poigne trop solide. Une fois dans la rue, le major prit à grandes enjambées le chemin de la caserne sans lâcher Dumollet.

Sous la porte de la caserne quelques troupiers prenaient l'air.

– Courez prévenir madame Mahomet, dit le major à un sapeur, dites-lui qu'on s'est trompé, le particulier est un faux nègre, le pauvre Mahomet n'est pas dégelé du tout... Et maintenant, ajouta-t-il en lâchant Dumollet, Attendez-moi cinq minutes, je vais chercher des briquets et prévenir des amis qui nous serviront de témoins...

Dumollet se laissa tomber sur une borne. Il vit dans la cour de la caserne le major causer avec un groupe de sous-officiers à longues moustaches et comprit à leurs gestes terribles que ces messieurs devaient être les témoins du duel projeté.

La colère le prit alors, elle bouillonna dans le sein de cet homme ordinairement si paisible.

– Comment ! s'écria-t-il en bondissant sur sa borne, comment ! j'aurais eu tant de peines pour arriver à Saint-Malo, j'aurais bravé tant de périls, supporté tant de fatigues, d'ennuis, de désagréments, tout cela pour venir me faire embrocher par ce tambour-major ! Et ce tambour-major épouserait à mon nez, à ma barbe, ma fiancée, ma future, ma cousine Estelle ! Et je supporterais encore ça ! Jamais ! Jamais ! Jamais ! Je repars tout de suite pour Paris !

Juste au même moment, comme Dumollet les bras croisés et les yeux pleins de fureur, semblait invectiver Saint-Malo, un grand bruit de roues, de ferrailles et de coups de fouet éclata dans la rue. Dumollet leva la tête, une lourde diligence s'avançait au grand trot de ses six chevaux. C'était la diligence de Paris qui démarrait. Dumollet n'hésita pas ; laissant tout à fait de côté ses anciennes antipathies, Dumollet fit signe au postillon d'arrêter.

– Non, je ne le supporterai pas, cria-t-il encore rouge de fureur avec des gestes furibonds qui rassemblèrent autour de lui quelques paysannes bretonnes et firent sortir de leurs boutiques quelques commerçants malouins, non, je ne le supporterai pas...

– Quoi ? dit le conducteur de la diligence, en tirant sur les rênes, qu'est-ce que vous avez à me dire ?

– J'ai à dire que je ne supporterai pas qu'elle se marie ainsi à mon nez, à ma barbe...

– Qui ça ?

– Estelle, parbleu ! ma cousine !... Voyons, puis-je voir Estelle, ma fiancée à moi, en épouser un autre, que feriez-vous à ma place ?

Le conducteur ahuri laissa tomber sa pipe.

– Et c'est pour cela que vous m'arrêtez ! s'écria-t-il, nom d'une barrique ! fouette, postillon !...

– Excusez-moi, dit Dumollet, c'est l'émotion... je suis une victime... Avez-vous encore une place ?

– Encore une place sur l'impériale à côté de moi, répondit le conducteur.

– Je la prends, dit Dumollet, je n'ai pas de bagages...

Dumollet s'enleva sur les marchepieds avec une souplesse qui faisait beaucoup d'honneur aux leçons de *Turpinski, le rempart du Nord*, son ex-patron, mais au moment où parvenu à la hauteur du siège du conducteur, il allait s'enfourner sous la capote, il s'arrêta hésitant.

– Combien avez-vous versé de fois en venant ? dit-il, me garantissez-vous contre les dégringolades, moyennant un bon pourboire ?

– Allons, asseyez-vous, grommela l'autocrate de la diligence ou je vous verse tout de suite... est-ce que vous croyez que j'ai du temps à perdre en conversation ?

Dumollet se décida.

Il s'assit retira son chapeau et s'épongea le front.

– Voilà donc, gémit-il, la malheureuse issue de mon entreprise... quel voyage, mon Dieu, quel voyage ! Ah ! conducteur, je suis bien à plaindre, mais voyons, mettez-vous à ma place, supporteriez-vous qu'Estelle, votre fiancée...

– Vous n'avez pas fini ? Est-ce que j'ai l'air assez bête pour avoir une fiancée à mon âge ? hurla le conducteur en fouettant ses chevaux.

Dumollet s'écroula sous la bâche et n'osa plus souffler mot pendant tout le reste du voyage.

XIV

Comment Coqueluchon entra dans la famille Montauciel

Quand cinq minutes après, le tambour major avec deux briquets sous le bras, parut accompagné de ses témoins, Dumollet était déjà loin sur la route de Paris.

– J'avais encore des doutes, dit le major en essuyant une larme qui perçait sous sa paupière, mais j'en suis certain maintenant, ce particulier n'était pas le brave Mahomet Coglou !... Allons, inutile de nous faire de la bile, ça ne le dégèlerait pas ?

– Si seulement nous étions dans la cavalerie, fit un des témoins, nous rattraperions la diligence et le particulier et nous le forcerions à en découdre...

– Allons, ne pensons plus à Coglou, songeons à la noce ! messieurs, rangez vos briquets, vous deviez être mes témoins pour mon duel avec cet escroc, vous serez mes témoins pour ma noce ! rompez !

La diligence roulait au loin emportant le fugitif Dumollet en proie aux plus tristes pensées. Et Coqueluchon ? que devenait Coqueluchon ?...

Hélas, le compagnon de voyage de Dumollet, l'ami imprudent et parfois indiscret, était abandonné à l'auberge.

Seul au monde, loin de Montmartre, loin des moulins de la patrie !

Un aubergiste sans cœur allait peut-être profiter de son abandon et abuser de sa faiblesse pour le soumettre aux plus rudes et aux moins poétiques travaux !

Heureusement pour lui, six semaines après la fuite de Dumollet, une lettre arriva chez le cousin Valsuzon, Dumollet offrait Coqueluchon en cadeau de noces à l'ingrate Estelle.

Le tambour-major était marié. Le bonheur avait apporté un certain apaisement dans son âme, dissipé sa colère et ses idées belliqueuses. La lettre de Dumollet et le cadeau qui l'accompagnait achevèrent le revirement commencé.

– Allons, dit-il, je ne puis vraiment plus lui en vouloir, ce n'est pas sa faute s'il n'a pas été gelé en Russie...c'est très gentil et très délicat de sa part, ce petit cadeau à son ancienne fiancée !

Coqueluchon avait eu pendant le voyage maintes occasions d'admirer le portrait d'Estelle, il reconnut l'original de la miniature, dès la première minute, quand Estelle vint le délivrer de sa captivité chez l'aubergiste, et témoigna sa joie par des hihans prolongés.

Inutile de dire qu'il vécut très heureux et s'offrit de nombreuses parties de campagne avec M. et madame Montauciel. Quant à Dumollet, il resta célibataire et devenu par ses malheurs un personnage célèbre, il récolta de nombreux succès de salon, en racontant aux dames attendries les aventures dramatiques de son grand voyage.